メルキオールの惨劇

新装版

平山夢明

ハルキ文庫

角川春樹事務所

メルキオールの惨劇

解説　杉江松恋

1

アボガドが書く宛名はいつも中途半端であてにならなかった。

脳味噌をトロトロのアイスクリームにさせる陽射しのなか、俺は穴ぼこみたいな自分の影と一緒に埃っぽい田舎道をゆらゆら移動していた。時折、立ち止まってアボガドのメモを確認したが、焼いた煉瓦並みに陽炎をおっ立てている田舎道でB1だかB3だかの鉛筆で撫でくった文字を解読するのはとても大変なことだった。

アボガドは五十過ぎのデブで俺は奴の水の飲みっぷりから糖尿だろうとふんでいた。

メモには【こhしょうjkあ、をし3すちすべすべ13】とあった。アボガドは神様が特注して拵えたような咨嗇なのでメモも当然、マックのHPからクーポンを印刷しようとして失敗した紙の裏を使ってあった。セントバーナードの睾丸のようなデカイ鼻が自慢のアボガドは初めて逢ったときにも、「ボキの鼻がなぜこんなに大きいか?」と言い、黙っていると、「空気はタダだからぁ」と大笑いした。

これまでの経験でアボガドの大抵の字は解読できるようになっていたが、末尾の〝すべすべ〃にはお手上げだった。俺は溶けた脳味噌が耳から垂れないうちに、この〃すべすべ〃に情報《ヒント》を与えてくれそうな者はいないか頭を巡《めぐ》らせた。

すると都合《つごう》良く、こちらに向かってくる人影があった。

珍しい男だった。つるつるの禿頭《スキンヘッド》だった。

いや、スキンヘッド自体は風変わりといった程度だが、奴は、その頭上に犬を振り回していた。

一瞬、何かの冗談かと思ったが、紛《まぎ》れもなく鎖《くさり》の先に繋《つな》いだ犬をヘリコプターの回転翼《ローター》なみに振り回している。

犬は黒い成犬で、宇宙の仕組みを悟った神僧のような面《つら》で為《な》すがままに飛行し、振り主からは景気の良い鼻唄が零《こぼ》れていた。

「はろぉぅ！」男は笑った。団子鼻《だんごっぱな》の両脇に余った頬肉《ほほにく》がこびとの尻のように膨《ふく》れ上がるイイ笑顔だった。輸入チョコに印刷されているオランダだかフィンランドだかの気の良い木こりの笑顔だ。

彼の背丈《せたけ》は俺より頭ふたつ分大きく、肩幅は俺より一五〇パーセントは広そうだった。体重は倍はあるに違いない。

俺の前で腕の回転が終わり、犬はボクッと音をたて着地した。

うだった。

「ああ、こいつは一日一回は連れ出さないと夜鳴きがひでえんだ」

一見、〝黒バターを造ろうと思って〟と答えても不思議ではない男だが、根は大人しそうだった。

「散歩かい」

「まったくだ。散歩は飼い主の義務だからな」

「ウチダの家じゃ、子犬の頃からずっと繋ぎっ放しで可哀相《かわいそう》だったぜ。イロノーゼになっちまったよ。犬もイロノーゼになるんだな」

男は俺がウチダを知っているのは当然だという口調だった。また〝そいつはノイローゼじゃないのか？〟というフレーズも超特急で喉元《のどもと》まで上がってきたが、男の〝ビッグスマイル〟がそれを押し止めた。膨らんだ大きな丸餅《もち》に墨《すみ》で目鼻を添《そ》えたような良い笑顔は俺が今まで目にしてきたなかでも五指に入る逸品《いっぴん》だった。その顔を見ていると、ふいにおつまみを買うと玄関先で唄って踊る白衣の押し売りの事や、ベルリンで見たオカマを思い出した。そいつは酔っぱらい相手にパイプの先についた蛇口を肛門に押し込ませ一分間八十マルクで突いたり、掻《か》き混ぜさせたりしていた。たまに仙骨《せんこつ》直下を蛇口の取っ手が擦《こす》ると泡を吹きながら笑い、勃起《ぼっき》もしていないペニスから水のように精子を流した。

俺は昔からＩＱの低そうな笑顔が大好物だった。

見ると、男の着古した作業着《オーヴアーオール》の右ポケットがとてつもなく膨らんでいた。そこに奴の手に馴染《なじ》んだシースナイフやコインを詰め込んだ革袋なんかが詰《つ》まってないことを祈りつつ、俺は男のビッグスマイルに愛想笑いしながら周囲《あたり》を見た。しかし、俺とこの超人ハルク以外の人影はなかった。

「珍しい色だ」俺は犬が蟹《かに》のように口から吹き上げている泡を見た。緑色だった。

「餌《えさ》はなんだい」

「インク」

彼は右ポケットからカップラーメンほどの瓶《びん》を取り出すと寝ている犬の口に注《そそ》ぎ込んだ。ねっとりした液体の大半は埃っぽい道に吸収されたが二三度、犬が口を動かしたようにも見えた。

「ほら。犬の蟲下《むしくだ》しにはインクが一番なんだ。獣医なんかに連れてく奴は馬鹿だよ」

「まったくだ。犬は保険がきかないからな」

「タノベの婆さんは獣医にガソリンスタンドを取られちまったんだぜ。インベーダーゲームもあった良いガソリンスタンドだったのに……」

「ああ、良いものほど早くなくなる世の中さ」

それを聞くと、男は俺を見つめたまま黙りこんだ。

俺は理由もなく犬の尻から何かが飛び出すんじゃないかと思った。

奴は空を見上げ、俺の台詞《せりふ》を復誦《ふくしょう》した。

「イイモノホドナクナルヨノナカ……イイモノホドナクナルヨノナカ……」

俺は自分の言葉が飴玉《あめだま》のように溶け、奴に吸収されるのを見守っていた。〝炎天下に犬を振り回す禿《はげ》の木こり〟というのも含め、それも初めての経験だった。

「かなり、わかった！」

男は突然叫ぶと、鎖を振り回し、歩き出した。

犬は引き上げられ、アッという間に遠心力の虜《とりこ》となった。今度、逢ったとしても奴は俺を憶《おぼ》えていないだろうというような別れ方だった。

暑いさなかには、お誂《あつら》え向きの出会いだった。


うっかりすると袖を嚙《か》み破られるような、ささくれの多いカウンターで時間を潰《つぶ》すのはひと苦労。正直、今回は作戦とか計画と呼べるようなものは準備されていなかった。単にこの前の仕事が不首尾《ふしゅび》だったのでオギーの無聊《ぶりょう》を慰めるには至らず、嘘《うそ》かほんとか判らないガセネタに縋《すが》ってやってきたというのが本音だった。

目の前のカクテルグラスにはドライマティーニが注がれていたがやや透明な底にキャラ

メル屑《くず》みたいなものがこびりついていたので口をつけずにいた。こういう場所ではゴキブリの糞《ふん》であることが多い。

あれから俺は林を抜け、記憶喪失者が描いた絵のようにただ点々と雑貨屋や郵便局やらが固まっている場所に到着した。通りに人は居なかったし、動いている車もなかった。

俺は、景気に待ちぼうけを喰わされ、馬鹿のように突っ立っている〝エピファニィ〟という店に潜《もぐ》り込んだ。暇《ひま》つぶしなら反対側にも錆《さ》びた缶詰のような自主コンビニもあったが、今はどこかに座りたかった。

樫材《オーク》の重い扉を開けると店主は根っからのよそ者嫌いなのか、単に暗がりから明るい戸口を見つめる者がする反射行為なのか、鼻に蜘蛛《くも》が集《たか》ってる最中のような顔で迎えてくれた。

店は思ったよりも無駄に広く、アイルランドの閉店《つぶれ》した古《た》いパブを思わせた。

「悪いな……今は喫茶タイムなんだ」

酒棚の上で短冊《たんざく》になっているメニューのなかから俺がマティーニを注文すると彼はそう呟《つぶや》いた。

それならばと横にぶら下がっているちびた黒板に目を凝《こ》らしていると、子供が唇を震わせるような音が響き、続いてトイレのドアが開いて手に引っかかった〝なにか〟を振り払いながら豚のように肥《ふと》った男が千鳥足で出てきた。彼はカウンター内の店主に近づくと「ルービ」と呟き、奥のテーブル席に戻った。アル中特有の糖と腐った内臓のミックスされた臭《にお》いが辺《あた》りの空気を汚染した。

店主は豚の背中に舌打ちし、俺を一瞥《いちべつ》すると、ビアサーバーからギネスの黒生をパコンッと鳴らして作り、首を振りながら奥のテーブルに運んでいった。

なおも首を伸ばして黒板に書かれた〝本日のコーヒー、カフェラテ、カプチーノ、ビショップ1〟などを眺めているとカウンターにマティーニの入ったグラスが置かれた。

悔《くや》しそうな店主の顔があった。

「あんたがあの人を特別扱いしようが俺は気にしない。別に常連ではないし、ここはあんたの店だ。流儀《りゅうぎ》を曲げることはない」

俺が言うと店主は腕の根っこを掻《か》きながら豚男以外、誰もいない店内を見渡した。

「わざと居心地悪い思いをさせる気はないんだ。あんたが払う金も奴が払う金も変わりないからな。ただ……初見《フリ》の客のなかには納豆なみに腐った酔い方をする奴がいるんでね。一応、断ってみるのさ。それで反応を観る」

「処世術だ」

「こんな町だからさ。都会で生き残る自信の無い人間が流し台《シンク》の三角コーナーの滓《かす》みたいに集まってるんだ。町を見ただろう。注目されるべきものは何もない町だ。ここは他人の不幸を蜜《みつ》にする人間の吹き溜《だ》まりだからな。奴らの捻《ねじ》れた野次馬根性から店を守るのは、これでも骨が折れる。実を言うと初見の客は半年ぶりだ」

店主は話の途中で毒づきながら、手にしたデッキブラシで床を殴りつけた。

俺からは見えないところで何かが走り回っているようだった。

「ここらに貸家か下宿できるところはないかな?」

それを聞くと店主は俺の顔にデカいゴキブリを見つけたような目になった。

「住む? ここにか?」

「ここの風景が気に入ったんだ。絵になる」

「あんた絵を描くのかい」店主は俺の汗じみてくたびれたシャツと傍《かたわ》らに置いた疲れたブルドッグのような鞄《バッグ》を見た。

「ああ、自分の食い扶持《ぶち》ぐらい何とかなるほどに……。実は今度、個展をやらないかっていう話がきている。勿論《もちろん》すぐじゃない、もっと先の話だがモデルにできる町を探していたんだ」

「それはどうかな? こんなところを描いてババアのストリップのほうがましだってことにならないかね」

〝どんな時代でも納豆が食えるかどうか試したがる物好きはいるものさ〟と俺が口を開きかけた途端、それが起きた。天だか神だかは人が己《おのれ》のやろうとしていることが正しいかどうか自信が持てないときしばしば背中を押すようなことをする。

例えば以前、郵便局へ強盗に入った奴がいた。

そいつは手にしたナイフをポケットのなかで何度も握り返しながら、通りの反対側でやるべきかやらざるべきかを自問していた。夏の炎天下、そいつは何度も汗に目玉を嚙《か》みつかれながら、貧民窟《スラム》のハムレットを演《や》っていた。不意に喉《のど》が渇いているのに気づいたそいつは、自分よりも長い間日干しになっている自販機に向かうと、なけなしの小銭をブチ込み、いつものようにボタンを押した。するとファンファーレと共に〝おめでとうございます。あたりです。もう一度、ボタンを押してお好みの商品をお取り下さい〟という声が流れた。そいつは生まれて初めて自分が強盗をやらかそうってときに自販機から百二十円で二本分のジュースをふんだくることに成功した。ツキが尻から火を噴いてやがる……そう確信した奴は五分後、二本のジュースを飲み干し、カウンター前でナイフを取り出した。幸運にもなかにいる局員は全員が女で、しかもみんな歳喰《としく》っていた。不幸だったのはそいつの真後ろに並んだのがゆうパックを出しに来た非番の刑事だったことだ。そいつは護送される途中にパトカーの座席に失禁した。わざとやったのだという。「国有財産をガツンとやってやった」と、そいつは自慢していた。

ともかく、女がいた。

三十半ば、サービス版の隠し撮《ど》りでは、もう少し顔がふっくらしていたように見えたが実物はもっといい女だった。過去の経験が彼女の個人空間《パーソナル・スペース》をむやみに広げているのは確かで、それはベールのように端から彼女を取っつき難《にく》い女に見せていた。しかし、そんな薄皮を捲《めく》り上げてしまえば彼女はショートケーキの大きな苺《いちご》のような女、誰でもちょっと押してみたくなる焼きたての食パンみたいな雰囲気の女、とても三人の子供の母親で末っ子の首を切断した女には見えなかった。

彼女は軽く俺達に会釈《えしゃく》すると奥のテーブルへ向かい、沈没している豚に手にしたハンカチの中身を見せながら何やら話しかけていた。しかし、豚はまるで豚っぽく鼻を鳴らすと再び首の脂肪のなかに顔を埋めてしまった。

俺はそんな風景は見慣れていたので女がハンカチのなかの指輪だか、ネックレスだかをかたに借金を申し込んでいるのが判った。運は俺に向かって吹いていた。

「後家《ごけ》なんだ。町外れの牧場に去年の春から暮らしている」店主が囁《ささや》いた。

豚は何度も肩を揺すられていたが、とうとう一度も女をキチンと見ることはなかった。

女はあからさまに焦《じ》れた様子を見せ、豚の肩をこづくと扉から出ていこうとしたが、不意に足を止めてカウンターに近づいてきた。

「ねえ。これで少し回してくれないかしら」レースのハンカチのなかには小豆《あずき》ほどの粒ダイヤ《クリーン・シュガー》がふたつ。

　俺は女の顔をたっぷり眺め、それから店主が何というか気になって振り返ったのだが、彼は女が近づくやいなや店の裏に出ていってしまったらしく、女の前には俺しか居なかった。

「俺に言ってるのか？」

「そうよ。あなたの他に誰が見えるの？」

「質問に質問で返すなんて、あんたは回転が速いんだな」

「感心するなら、ダイヤになさいな」

「いくらだ」

「ふたつで十五……十でも良いわ。どう？」女は顔を近づけてきた。まるで俺の顔の裏に知り合いを見つけたような案配《あんばい》だった。

「今日中に払わないと電話が止まっちゃうの」女は爪を噛んだ。捻《ねじ》れた拍子にアイベリーみたいな色の唇がキュッと音をたてた気がした。

「悪いが……いらないな。俺が本当に必要なのは別のものだ」俺は目の前のレースのハンカチを手の甲でそっと押し戻した。

「冷やかしたのね」

「勝手に話しかけたのはそっちだ。あんたの話し相手に志願した憶えはないぜ」

「その気がないなら、はっきり言うべきよ。こんなところで、そんなことをしているあなたはどうか知らないけど、あたしは時間を無駄にする趣味はないの」

「落ち着けよ。これは偽ものだよ。硝子玉《ガラス》だ」

０・５秒ほどで女は俺とハンカチの中身と、どちらに毒づくか瞬時に判断した。

「人を馬鹿にしないでよ」首を絞められたときに女が出す声だった。実際、女は首を絞められるとこんな声を上げる。但《ただ》し、両の親指で気管《くだ》を潰してやらないとこの声は聞けない。窒息して空気を渇望している全身が何かの拍子に呼吸する際、吸気は破れかけた大きなマカロニみたいな気管を笛に変え、こんな音をたてる。

「ほんとうだ。そいつは炭素とは縁もゆかりもない。石英や炭酸ナトリウムなんかの兄弟だ。あんたが最初に話しかけた男もきっと同じ事を言う。言わなきゃ奴が狙《ねら》ってるのはこんなものより別の担保が欲しいからだろう」

〝男……うんぬん〟の件《くだり》で既に脳味噌は口を閉じろと指令を出したが残念なことに俺は最後まで言い切ってしまい、予想どおり頬に痛みが走った。

女は俺に張り手《ビンタ》を喰らわせると後も見ずに出ていった。

赤いピックアップトラックに乗り込むのが汚れた窓越しに見えた。

「なんでもインターネットで商売してるらしい。電話が止まっちゃ干上《ひあ》がっちまうんだろう……良い後家なんだが」店主が戻っていた。「良い後家だが……」

「気が強い」

「ああ、気が強い。なにしろ後家だからな。後家は気が強くなくっちゃ」

「良い尻だ」

「ああ、良い尻だ。なにしろ後家の尻だ。後家の尻はああでなくっちゃ」

「金がいるんだな」

「ああ、金がいるな。なにしろ後家は物いりだ。後家の台所は火の車でなくっちゃ」

俺は店主に適当に礼を言うと店を出た。

暫《しばら》くすると、郵便局から出てきた女は去っていく。女の車が郵便局の前で停まっていた。町に下宿屋はない。滞在する巧《うま》い理由を見つけるには苦労するだろう。都合の良い理由をつけて女の側に近づくには方法がひとつしかなかった。一度、シカゴで試して成功したやつだ。死にかけるか死ぬかするが、まだ死んだことはない。しかし、あまりに他力本願《たりきほんがん》なその方法は事後、不具合なことが多いのであまり気乗りしなかった。なんとか別のアイディアをひりだそうと脳味噌を絞ってみたが、炎天下をほっつき回ったせいで知恵汁《ワイズ・スープ》は一滴も残っていなかった。こんなことなら店で鞄《バッグ》のなかのチャンク《おきにいり》を一発頬張《ほおば》っておけば、多少景気もついたのにと後悔した。しかし、女を今ここに寄こしたのが神によるものならば、そして俺の行為に分《ぶ》があれば巧くいく。

勘が作戦のためのスィートスポットを教えてくれた。電柱、カーブ、砂地、良い案配だ。俺は準備に入り、待機した。熱気が弱まり、風が出てきた。ほんの少しだが影が薄まった。

厭《いや》な町だった。寂しく虚《むな》しいくせにいらいらさせる卑《いや》しさを持っていた。ナヴァホやピマ族なら聖地にしたまま放っておくような場所だ。

軽く鈴の音がして女が出てきた。俺は女が左右に目を遣《や》るのを見て、靴紐を結ぶ振りをして屈《かが》んだ。女はピックアップトラックのドア・ピラーに触れながら運転席に乗り込んだ。車は前進し、消えた。

俺はなおも車の消えた先を見つめた……するとUターンしてきた女のトラックが再び現れ、郵便局の前をこちらに向かって猛スピードで走り抜けた。右前輪がペプシの空き缶を轢《ひ》き潰《つぶ》し、アッという間に、それを二次元物体に変えるのが見えた。

俺はお祈りの代わりにシカゴで殺した女の最後の言葉を呟《つぶや》いてみた。「アズラエルの翼が聞こえる」意味は判らないが験《げん》は良さそうだ。死んだら俺はアズラエルに会《や》えるのか？

ピックアップトラックがカーブに鼻っ面《つら》を差し入れた瞬間、俺は軽くジャンプする形で道に飛び出した。トラックのフロントグリルが真ん前にあった。クラクションは無かった。俺は急激に車体を傾《かし》げながら突進してくるフロントガラス越しに女の怒ったような顔を見た。声は聞こえなかったが何か叫んでいた。この国にはカンガルーもいないのに大型バンパーのついているのが忌々《いまいま》しい。あまり頭の良い女では無いのか？　フロント部は酷《ひど》くゆっくり俺の側部を狙ってきているように思えた。

いろいろなことがスローモーションになっていた。

この程度なら大したことはないだろうと思った瞬間、全身を鉄槌《ハンマー》で弾《はじ》かれたような洒落《しゃれ》にならない力が加わり、俺は板が割れるような音を身体のなかから聞いた。何かが俺のなかを突き抜け、限界まで引き延ばし、振り回した。目覚まし時計の鐘《かね》のように二度三度と硬い物と柔らかい物が交互に打ちつけられ、もう良いよと思っても攻撃は止まなかった。

——そして突然の闇。

気がつくと俺は道路に伸びていた。息を吸うたびに胸がパリパリと音を立てた。

「なんなの、なんなのよ」

俺の傍《かたわ》らに跪《ひざまず》いた女は叫んでいた。
充分に困っている顔だったが、人殺しらしくはなかった。

2

はっきり覚醒《かくせい》する前に俺は喉《のど》の渇きから、束《つか》の間《ま》目覚め、何度かオギーの前にいる夢を見た。夢のなかのオギーは相も変わらず寝たきりで、アボガドが清拭《せいしき》で股間《こかん》に触れるたびに低く呻《うめ》いた。

オギーは元医者で産科医を十五年、精神科医を三十年やり、全身の筋肉が烏賊《いか》や蛸《たこ》なみにくたくたになるという不治の病で顎《あご》から下がゾンビになってしまうまでは、週に四十時間ほど政治家や企業家相手の保険外医療専門の紹介医として暮らしていた。

本人曰《いわ》く、現役後期になると患者のあまりの凡庸《ぼんよう》さに辟易《へきえき》し、色情狂《ニンフォマニア》や小児性愛《ペドフィリア》や死姦狂《ネクロフィリア》など嗜好異常者《パラフィリア》の妄想を治すふりをしながら暇つぶしに膨張させ補完させてもみたが、「人間というものはなかなか珍なもので、これでもかというほど妄想《ファンタジー》を現実に取り出してやっても最後の一線はなかなか越えようとはしなかった」という。

現在のオギーは博物館の剝製《はくせい》そっくりに見える。あれに生きた眼と舌をつけるとオギーになる。オギーの脳は、地下鉄の便所に落ちている履《は》き古しのストッキングのように役に立たず日毎《ひごと》に縮んでいく身体と違って、堅牢《けんろう》そのものだった。

オギーはM字に開いた股ぐらの放血で穢《けが》されながら、くだらない男の精液を浴びた、くだらない女の子宮から、くだらない嬰児《えいじ》を穿《ほじく》り出すのが厭《いや》になり、もっと刺激的な精神科に鞍替《くらが》えしたのだが、期待は裏切られこそすれ彼の欲求を満たしてはくれなかった。オギーは俺に仕事を頼むとき、いろいろ難しい言葉でその動機を説明したが、結局、俺が「もっと酷《ひど》いものが見たいんですね」というと、「然《しか》る可《べ》く」と呟《つぶや》いた。

オギーは個人博物館を持っていた。

血圧と心拍が安定し、気分が良いとオギーはアボガドに移動寝台《ストレッチャー》を運ばせる。そこは硝子《ガラス》ケースの並んだ一室であり、この殆《ほと》どは俺が集めたものだった。オギーはなかに入るとケースの中身から彼だけに聞こえる自分への賞賛に〝ありがとう、ありがとう〟と満面の笑みで応《こた》えるのが常だった。

入ってすぐ右手の壁にはボロボロになったミッキーマウスのTシャツが貼ってあり、壁には頑丈なL字鈎《フック》と針金《ワイヤー》で自転車が取り付けてある。自転車の後輪はまばらに残ったスポークを飛び出させたままで潰れ、車体はくの字に大きく捻れていた。ドロップハンドルは牛の角のように空を向き、前輪は無かった。全体が握《にぎ》られた眼鏡のフレームのようにひしゃげていたが、トラックの左後輪に巻き込まれたまま五十メートルほどアスファルトを引きずられた車体の左側は本来の半分ほどの厚みになっているはずだった。

オギーはこれを九百萬で買い取った。

単にトラックに潰された自転車ならごまんとあるが、これは倒れた拍子に下敷きになった被害者の腹にペダルが食い込んだ逸品《いっぴん》だった。そのため、救急隊員は自転車ごと十九歳になる青年を運ばなければならず、集中治療室で自転車が青年の身体から引き離されたときには腸間膜の一部と脾《ひ》臓《ぞう》に噛みついたペダルの歯がそれらを体外に引きずり出した。またハンドルに着いた毛髪と後輪の多段変速ギアボックスの内部に指の一部が残されていたことも大きなポイントとなった。

医師を目指していた青年は一浪後に念願の大学に合格、初めての夏休みでこの輪禍《りんか》に遭《あ》い死亡した。

この遺品の査定も買い取り交渉も俺がした。

他にも窒息《ちっそく》死した少女の口から取り出されたブロック、三十萬。式場の打ち合わせ帰りに変質者に絞殺されたOLの口に押し込まれていた下着、八十萬。焼死した少年が火炎から守ろうと胸の内に抱え込んでいたアトムのセルロイド人形、二百五十萬。人違いで暴走族のリンチに遭い、数人に押さえ込まれた上で頭部を轢《ひ》かれた青年の帽子とシャツ、百八十萬。挙式当日、式場に向かっている際中、クラクションを鳴らしたために相手からドライバーで眼球を突かれ即死した新郎の眼鏡とカツラ、五十萬。デパートの屋上で見知らぬ男にいきなり抱きかかえられ、そのままフェンスの外に放り出された少女のワンピースなど一式、二百萬。歩行中、すれ違いざまに車の助手席から木刀で殴りつけられ失血死した妊婦のマタニティードレスと下着、百三十萬。携帯電話《ケータイ》で喋《しゃべ》る声がうるさいと駅のホームから突き落とされた女子高生の制服、二百萬。担任教師からの呼び出しを受け、倉庫で塩酸をかけられ強姦後、絞殺された女子中学生の制服、三百萬。給仕《サービス》の仕方が悪いと注意したファミレスの店員にステーキ用ナイフで滅多《めった》刺しにされた女子中学生のセーター、七十萬。新婚旅行でダイビング中、ホオジロ鮫に襲われた新婦のダイビング・スーツ、百九十萬など二百点以上の遺品が並び、そのどれもがレンズに向かってあどけない、または健康的な笑顔を向ける持ち主の肖像写真《ポートレート》と共に飾られていた。

　珍しい物としては〝孫太郎蟲《まごたろうむし》〟というヘビトンボの幼虫がある。これは福島に住む夫婦が息子の疳《かん》の虫封じに効くと聞いて飲ませ窒息死させてしまったものだった。乾燥している際には三センチ程度しかないが、それが体内に入ると二三倍に膨《ふく》らむことを予測しなかったらしい。医師は気管切開まで行ったが、息子は戻っては来なかった。十萬。

これらの収集で助かったのは愛情深い親ほど子供の遺品を大切に保存する傾向が見られることだった。彼らの多くは遺品を洗わない。轢《ひ》き潰されたり、突き刺されたりして他人には不気味に映る血液や肉片すらも愛児の一部なのだと大切に保存しているのだ。これはオギーにとって不測《ふそく》の僥倖《ぎょうこう》だったと言えよう。なかには買い付けの噂を耳にして自分から申し出てくる遺族もいたがそういう輩《やから》に限って保存状態も悪く、オギーの興味を惹《ひ》くものは少なかった。

収集は組織《システム》と規則《ルール》が複雑に絡み合って成り立っていた。オギーはごく親しい興信所を通じて遺族の情報を手に入れ、検討を繰り返し、私に実行させる。

毎日、数十件に上る〝喪《も》の情報〟が送られてくるが、オギーは原則として男性なら二十八歳、女性では二十七歳未満の未婚者に限っている。自殺は相手にしない。中学生以上であれば被害者の偏差値、家庭環境、性格、周囲の評価、家族・地域社会への貢献度、将来への夢、通っている学校・企業レヴェルをも査定対象とする。

オギーは未来を約束された若者の不慮《ふりょ》の死が大好物だった。未来への希望に打ち震え正義と覇気《はき》の漲《みなぎ》る存在、または純真無垢《むく》で未《いま》だ原罪に触れたこともない慈《いつく》しむべき存在、困難な世の中を愛と夢と相互扶助《ふじょ》で乗り切ろうとしている存在。オギーは彼らですら一瞬後には、ボロ布《きれ》の腐った肉と化すこの世の現実《リアル》を全身全霊で愛し、希求《ききゅう》していた。

硝子ケースのなかには明るく聡明で、よく仲間を助け、スポーツにも長《た》けた青年もいた。彼は中学時代、プールで溺《おぼ》れていた近所の子供を助け、人命救助で表彰されてもいた。当時から彼は新聞配達を初め、様々なアルバイトで母の生活を助け、父のいない妹と弟の支えとなっていた。大学進学の学資を稼ぐため高校時代は毎年、夏になると道路敷設《ふせつ》のバイトをぶっつづけで行い、炎熱下、アスファルトにまみれながら屈強の男達にも引けを取らぬ働きを見せた。やがて弁護士になって立場の弱い人を助けたいとの夢を持つ彼は念願の一流大学の法学部への切符を手に入れた。そして入学式の翌日、その日、最後となる新聞配達の途中で彼は飛び出してきた原付バイクと接触。口論となった相手の中学生にナイフで腹を抉《えぐ》られ失血死した。刺した相手は彼が凍えるようなプールに身を挺《てい》して飛び込み、命を救ったあの子供だった。

調査報告を聞いたオギーは喜びに打ち震え失禁した。そしてすぐさま青年の衣服と大学の合格通知、入学証書、生前の写真、人命救助を讃《たた》える表彰状、そしてそのときに撮られた少年との写真などを一千萬で購入することを申し出た。大学からの入学金返還を拒絶された母親は項垂《うなだ》れながらも目の前の札束に手を伸ばした。よほど気に入ったのかオギーは以後、その遺族の追跡調査を興信所にさせていた。生活は貧窮《ひんきゅう》しているという噂は聞いていたが、最新の報告では行方不明だった次男が帰宅、覚醒剤を打った末、止めようとした妹を刺したという。その報告書も家族写真の横に飾られることとなった。

ところが最近になってこのオギーが〝嘆《なげ》きと絶望の驚異の部屋《ブンダー・カマー》〟と呼ぶ場所に変化が起きた。

以前から後のトラブルに備え、俺は遺族との最終交渉をこっそり録音するようにしていた。そこで俺は必ず値段と遺品を唱《とな》え、遺族に金額の確認をする。それが保証なのだ。実際には、こちらの連絡場所は全てその交渉のために用意されたもので遺族が再度コンタクトをとれるはずもなかったが、〈念には念を〉がオギーの信条でもあった。

「どう?」とオギーはあの日、呟《つぶや》いた。途端にアボガドが暗い研究室のようなオギーの寝室の片隅から「G《ゲー》フラット」と反応した。よりによって神はアボガドのような人間に絶対音感《パーフェクト・ピッチ》をお与えになっていた。この馬鹿者は主人が要所で呟く言葉を音として評価してみせたり、繰り返したりすることで自分が肉人形の単なる付属物以上の何かであるかのように見せようとしていた。たまにオギーに対して〝自分は単なるご主人様の寄生虫にすぎません〟などと言い、そういう実物以上に自分を過大評価しているところも気に入らなかった。

オギーは少し前から遺族の録音テープを繰り返し聞きたがり、彼らが奏《かな》でる悲愴交響曲に日毎夜毎、浸《ひた》り続けていた。哀咽《あいえつ》と懺悔《ざんげ》の合間に俺のぼそぼそした言葉が響くなか、虚ろな目が天井に彫り込まれたミケランジェロの〝嘆きの聖母像《ピエタ》〟の複製を見つめていた。

　オギーは自分の身体に起きた事象が不可逆的だと悟《さと》るとフィレンツェから聖ペテロ大聖堂の美術修復を手がけたことのある優秀な彫刻家と石工を呼び寄せこれを造らせた。庭に急造された工房で重さ十トンの白い大理石が削られ始め、同時に建築家が加重確保のため何度となく邸宅の補強工事を進め、さらにはフィンランド人の照明家がライトアップの設計を進めた。半年後、十字架から下ろされた我が子の遺体を抱きかかえる母の姿がオギーの寝台の真上に誕生した。

　確実にオギーは収集に何らかの新味を欲していた。それが何なのかは俺には判っていた。彼は被害者だけでなく、加害者へも手を伸ばしたがっていた。つまりそれは青年を轢き潰したタイヤだったり、少女の肺に潜った跡のあるナイフであったりするのだが、それらはいずれも司法の手で保管されていて入手は困難だった。特に控訴が重なり、裁判が何年もかかる場合にはその間、ずっと裁判資料として厳重に管理されてしまうし、本人との接見も当然のことながらままならず、交渉自体も成り立たないことが多かった。たまに前述したタイヤに類するものを処分場から引き揚げてはみたが、オギーの顔色は冴《さ》えなかった。単なる凶器ではオギーの求める〝負の谺《こだま》〟が聞こえてこないのだろう。間接的ではあってもより踏み込んだものが必要だった。

そして遂《つい》に、オギーは〝殺人者のインタビュー〟というものに思い至った。それもプロファイルなどで持てはやされているようなマスコミや裁判用に加工されたものではなく、レアなグロテスクとエゴイズムに満ちた妄想《もうそう》の狂詩曲《ラプソディー》。無垢な羊を屠《ほふ》る際に口を開《あ》け本人をも引きずりこもうとする怪物の歪《ゆが》んだ教義《ドグマ》。太古から連綿《れんめん》と遺伝子のなかに組み込まれたまま決して支配力を失おうとしない、所謂《いわゆる》〝獣の重力〟に捕えられた者たちの告白をバリエーションとして集めたくなったのだ。

ゆえに俺はやってきた。

3

俺の顔を見ると小栗鼠《こりす》のようにはにかむ若い看護婦から耳にしたのだが、その警官《おまわり》はシャーペンの芯を出したまま、こちらの意識の無いのを良いことに人の頬を突っつき回していたようだ。頬に見慣れぬ雀斑《そばかす》があるのを鏡で確認できた。彼女が首のコルセットを調整している際、〝おまわりさんが起きろ起きろと突いてましたよ〟と囁《ささや》いてくれたのだ。

俺はそう聞かされてもまともな反応はできなかった。全身が泥のように重く、その警官が来たときも奴の声は聞こえず、顔の湿布《しっぷ》越しに何か揺れる物があったので見るとお通夜に義理で押し込まれたような顔をした制服男がシャーペンをふらふらと振っていたのだ。

口のなかに死んだ鼠《ねずみ》でも隠しているのか、その五十がらみの警官の口は酷《ひど》く臭かった。

「あんた、私が見えるか？　エッ」

ゆっくり頷《うなず》くと、椅子に座った奴の靴がシーツに触れているのが見えた。シーツは奴が靴を動かした幅だけ黒ずんでいた。俺の視線を追って奴もシーツの汚れに気づいたはずだが靴を下ろそうとはしなかった。

こんなに早く人を嫌いになったのは久しぶりだった。

続いて奴が氏名を尋《たず》ねて来たので俺はたっぷり時間を取って思い出せないふりをした。映画『ディア・ハンター』でC《クリストファー》・ウォーケンが演《や》ったのを真似たのだ。警官の顔が一瞬、呆気《あっけ》に取られると次は怒りの形相に変わるのが判った。

「何の真似だ」糞《くそ》を舐《な》めた狆《ちん》のようだった。「先生、まだ駄目なのか？」

「こういう事は往々にしてあるのです」警官が口を開く前に白衣を着た老人が病室の隅《すみ》から出てきた。

「かなり強い衝撃を受けていますから。但しCTの結果、脳内に損傷は見られませんから、じきに記憶も繋《つな》がって完全に想起されるでしょう」

「ウッ、こいつは身分を証明する物が何もないウッ。こんな旅行者が、ウッ、いますか?」警官はしゃっくりを始めた。

「生身の身体で十メートルも弾《はじ》き飛ばされたんです。肩の脱臼《だっきゅう》、頸椎《けいつい》ならびに同靱帯《じんたい》の損傷、肋骨《ろっこつ》右腓《ひ》骨に罅《ひび》が入っている。脳に障害が出るとすればこれ以降の事になる。いずれにせよ疑問をお解きになるには時間が必要ですな」

「とんだ無駄足グゥ」

警官は立ち上がるとシーツに着いた汚れをお義理に手でパッパッと払った。ちっとも綺麗にはならなかった。

「あんた絵描きなんだってな、エッ、なら何で画材が鞄に入ってないんだ、ゲッ」

俺は静かに眼を閉じた。僅《わず》かな合間だったが、奴は人を疲労させる能力があるらしい。

「芝居《ばいし》くせぇ」医者が警官を促《うなが》すと奴は出ていった。

医者はそれから俺の容態を尋ね、虹彩《こうさい》を見たり足に触れたりした。

次に目覚めたのは明け方だったのか、それとも単に病室にカーテンが引いてあったのか判らないが、薄暗い室内にあの女が傍《かたわ》らの椅子に腰掛け、片手でこめかみを押さえながら俯《うつむ》いていた。太股が腕のすぐ側にあったので触れようと思ったが指先しか動かなかった。

女の背後では銀縁眼鏡のスーツ姿の男とあの医者がなにやらボソボソと話し合っていた。痛みが強くなっているのは良い傾向だ。手足の指は問題なく動いた。女に声をかけようとしたが、その前にまた眠ってしまった。その後も俺はこんな感じで半月ほど覚醒《かくせい》と昏睡《こんすい》を繰り返していた。

ある朝目覚めると、今まで耳のなかで鳴っていた羽音が消え、音が清明《せいめい》になっていた。顔の包帯は消えており、湿布《しっぷ》臭いメントールの代わりに鼻孔を突いてきたのは焼き上がるベーコンの香りだった。誰か知らないが腕が良い。ベーコンを単に焼いただけでは、この香りにはならない。

香ばしく《クリスプ》させるにはベーコン独自の脂で蒸《む》すように仕上げるのがコツだ。この作り手はそこを心得ていた。鼻は花粉症のドーベルマン並みの恢復《かいふく》を見せていたが、視界はまだ霞《かす》みがちで首に嵌《は》めたコルセットが自由にあちこち見ることを禁じていた。俺は右頸部に鋭い痛みを感じ、低く呻くと持ち上げかけた頭を再び枕のなかに埋め戻した。キャップの着いた鉛筆はこんな気持ちなのだろう。

ゆるゆると奇妙な感じが胸元から持ち上がってきていたが、それが何によるものなのか気づくには時間がかかった……とりあえずベーコンが焼き上がる程度には。やがて、その小部屋の風景がジグソーパズルのように脳味噌のどこかに当てはまると答えがトーストのように飛び出した。

俺は腕に繋がっているチューブを無闇に動かして点滴瓶の下がった架台を倒さないように身体を移動させてみた。忽ち《たちま》、肋骨が悲鳴を上げたが歯を食いしばって耐え、何とかヘッドボードの上までずれることができた。俺は呼吸を整えるついでにもう一度、部屋のなかを見回してみた。

病室ではなかった。

部屋は丸太を寄せ集めたロッジ風で小綺麗《こぎれい》なペンションの一室のようだった。左手には大きな窓があり、太い木枠から雑草が生い茂るだだっ広い広野が見えた。正面には白手袋の鼠《ねずみ》のポスター。悲劇の象徴。世界中どこへ行っても餓鬼と肉体労働者《レイバー》の財布を狡《こす》っ辛《から》く狙うドブ鼠。こいつにかかっては女子供も容赦《ようしゃ》なし、普段なら親に玩具《おもちゃ》一つねだらないような賢い子供すら、この鼠にはイチコロだった。

リヨンで三人の餓鬼をユーロ・ディズニーへ連れていくため、一晩で五人の客に肛門《アナル》を使わせた淫売がいたが、三日経ってもその女の直腸は大陰唇よりも長く股ぐらからブラ下がっていた。〝もうこれ胎内《なか》には戻らないのかしら〟そう言って赤黒い直腸を濡らした生理綿《ナプキン》で包んでいた。

かつてこの鼠は日本を殲滅《せんめつ》しろと爆撃機で襲来してくるアニメにもなっていたはずだ。子供に戦争賛美を吹き込んでいた鼠が今では当時の敵国で媚《こ》びて売れまくり、売り上げ世界一を記録している。あの手袋のなかの爪はますます長く尖《とが》っているに違いない。

隅には小さな書棚。本の背をシールで修復した童話全集が並んでいる下には苔《こけ》だらけで中身の見えない水槽。そして小さな机が並んでいた。机の上には磨いたような白い獣の頭骨が八つ。偶然、拾ってくるには数が多すぎた。

突然、階下で食器の散らばる音が響き、続いて階段をゆっくり上ってくる足音。

何も持っていない俺は音を聞きながら取りあえず拳を握りしめた。

心臓の鼓動《こどう》に呼応《こおう》するようにそれは続き、部屋の前で停まった。

残念な事に扉にもあの鼠のポスターがあった。雌《めす》鼠とお城の前で手を繋いで踊っているやつだ。それが目の前でゆっくり開くと、暗がりから盆を手にした小柄な少年が現れた。

雪のような白髪《はくはつ》。

「おはようございます」その少年は俺に向かって弱々しげに微笑《ほほえ》んだ。移動しながらもオレンジジュースはグラスのなかで静かに波うつだけ。しかも、彼は手元に捕らわれていない。盆を持つバランスが素晴らしく良い。脳と腕の筋肉が順調に育っている証拠だ。

「朝か。今、何時だ」

「十時少しまえ」少年はベッド脇のテーブルに盆を載《の》せた。俺が身を捻《ひね》らずに手が伸ばせる範囲に。一度で。やはりバランスが良い。

「痛いところはありますか?」

俺は自分の姿をたっぷりと見回した。

「名前は?」

「サザレ。石に樂《らく》。礫《さざれ》」

「礫、これをどう説明する? ここは病院じゃない。まさか君はそんな態《なり》をしていても実は三十歳で医師免許を持っているというのではないだろう」

「母《かあ》さんがしたんです。おじさんのことは……」礫は俯《うつむ》くと、また顔を上げた。

「12《トウエルブ》」

俺の声に礫は身を固くした。

「12《トウエルブ》で良い。まだほんとの名前が浮かばん。取り敢えず12《トウエルブ》。敬称はなし」

「じゃあ……12《トウエルブ》」少年は新品の入れ歯を試すように口をモゴモゴさせた。

そのとき、金髪の鬘《かつら》が斜めに落ちかけた巨大な禿頭《ハゲ》が開いたままの扉の陰から一瞬、飛び出すと、また消えた。浅黒い肌から飛び出した歯で、それが微笑んでいたのが質《たち》の悪い冗談のように脳裏にこびりついた。俺は戸口から視線を外すことができず、次に起きる事態を呆然として待っていた。

「サク、ちゃんと挨拶《あいさつ》をして」俺の様子を見た礫がピシリと言った。

するのと床を軋《きし》らせて扉の陰の者が室内に入ってきた。それは肉屋で使うような大きな黄色のエプロンをつけていた。洗わない主義なのか材料の血やら飛沫《しぶき》が一面に付着し、妙な模様を作っていた。手にはハンマーのように黒々としたフライパン。頬には蚊取線香のような蜷局《とぐろ》が頬紅《チーク》で施《ほどこ》されていた。紛れもなく犬を振り回していたあいつだった。

「朔太郎《さくたろう》。兄です」

「俺は知ってる。けど初めましてだな。初めましてと言うのが理に叶《かな》っている」朔太郎はそう言う間に十回ほど両腕を俺のほうに突き出しては引っ込め、ぐるぐる回した。「うまかっただろう」

「まだ食べてない」俺はあんなに朔太郎が腕を振り回しても礫にぶつからないのはどちらの意識の為《な》せる技《わざ》だろうと考えていた。

「お兄ちゃんは料理がとても得意なんです。母さんよりずっと……。料理するときだけなんです。こんな恰好《かっこう》になるのは」

「いや。ママのほうが巧《うま》いけど。あの……あの……ママになってやると、力が湧《わ》いて……あの……できる」朔太郎は自分のエプロンを撫で、鬘を手に取った。鯨《くじら》鯢《こうがん》の睾丸で拵《こしら》えた天津《てんしん》甘栗のような頭部が丸出しになり、また丸太のような腕が旋回した。

「僕たちはこれで。あとで母さんが説明しに来ると思います。買い物に出てるんです」

「おふくろさんの名は」

「美和《みわ》です。犬甘《いぬかい》美和」礫はテーブルの抽斗《ひきだし》から聖書を出し、後ろの見返しに記された線の細い文字を指さした。名の上の余白には〝自由人の心《クルーブ・ル・アハラーリ》は秘密の墓《クブール・アスラーリ》〟とカタカナであった。

「ほう、これは珍しい。聖書の裏にイスラムの諺《ことわざ》か」

礫は何も応えず、抽斗に聖書をしまうと朔太郎を伴って出て行った。去り際、朔太郎が投げキッスをしてきたのを反射的に受け取ってしまったが、奴が意味を理解していたらと思うと悔やまれた。

俺はまだ身体が本調子でないと思わせたかったので、ベーコンをひと齧《かじ》りして、残しておこうと思ったが、気違い沙汰の旨さだったので、アッという間に平らげてしまった。

怖ろしい白痴だ。

4

美和の髪は陽射しによって極端なブルネットに輝いていた。本人は否定していたが俺は数世代前にロシアなどの北欧種が混じっていると踏んでいた。目を覚ますと窓の明かりは柔らかな夕暮れのそれと交替していた。病室で見たときと同じ様な姿勢で美和はベッドの側に椅子を置き、座っていた。違っていたのはまとめ上げたアップから漏れたほつれ毛を風になぶらせながら、時折、煙草を唇《くち》に当てていることだった。

「ゴロワーズ」俺が呟《つぶや》くと美和は眉をしかめ振り向いた。「それ、ゴロワーズだろう。女にダークブレンドはキツくないか」

美和は白いポロシャツの裾をまくるとデニムのウェストの辺りから潰れた箱を取り出して見せた。お馴染《なじ》みのトラックの絵が俺に正解を告げていた。

「当てた人は初めて。フランスに居たの?」

「君は?」

「ないわ」つかの間、見せた笑顔は球《たま》が切れたように消えた。「あるわけないじゃない……死んだ主人が好きだったの」

「ゴロワーズは今でも死んだ旦那の霊感を借りるためか……。仲が良かったんだな」

「もう五年になるのに……実感が湧《わ》かないわ」美和は再び、窓に目をやった。「生きていたときのほうが死んでいたみたい。憂鬱《ゆううつ》な人だった」

「もう充分、交信したんじゃないのか」

俺の言葉に美和は笑みを浮かべながら足下の灰皿を取り上げ、吸い差しの山に新たな一本を加えた。トントンと先端でステップを踏ませるようなやり方だった。

「あなたを退院させたわ」

「判ってる」

「あたし、あまり口が達者じゃないから怒らないで欲しいんだけど。実はお金がないの……任意保険が切れていて。強制保険だけじゃ初期治療の足しにしかならない……困ってるの」美和は溜息《ためいき》をついた。「ほんとに……」

窓から吹き込む風が強くなった。部屋のなかで何かが軋《きし》んだ。

「治療には責任を持つわ。それが退院の条件だったし。でも、事故の原因だけはハッキリさせておきたいの。あれはあなたが飛び出して起きたことだわ」

美和は俺を見つめていた。

俺は黙っていた。

「この家は去年、改装半ばでうっちゃってあった古い牧場跡を買い叩いたものなの。だから私達には貯金も残ってないわ。それにまだ子供達にもお金がかかるし……。あたし、あなたがあんな風に飛び出してくるなんて思ってもみなかった。だってあんな風に飛び出されたら誰だって……あそこのカーブは先月まで反射ミラーが着いていたはずなのにきっと誰かが壊してしまったんだわ……いじわるね」

夕闇は急速に美和を艶々したシルエットに変えていった。

俺は明かりは点《つ》けずにいた。そのほうがこの場には相応《ふさわ》しい。

「あれは本当に目眩《めまい》だったの？」

「妙な質問だな」

「世の中にはいろいろな魂胆《こんたん》の人間がいるわ。それにあなたエピファニィの主人に画家だと言っていたそうだけど……」

「よく憶えてないな。その辺は時間がかかりそうだ」

「今時、何も身分を証明する物がないなんて」

「変か？」

「異常だわ。絶対に何か理由あってのことだと……あの警官も不審がってた」

「あの警官〈も〉ということは君〈も〉、そう思っている」

「あたしには守らなくちゃいけないものがあるもの」美和は立ち上がり窓辺に向かった。遠くでオンボロエンジンの逆火《バック・ファイア》が聞こえた。

「ふたつ」俺は指を立てた。「君にはふたつ問題がある。ひとつはこの家の経済。残るは俺という厄介者の存在だ。俺にはこのふたつを同時に解決する妙案がある」

美和は顔をこちらに向けたがそれは影のなかに沈んでいた。身体の片側だけが薄い残照によって光った。

「聞かせて……興味あるわ。汚《けが》らわしいことは御免だけど」

「好悪《こうお》のレヴェル論は苦手でね。できれば二進法で考えて欲しい。YesかNoか。1か0か」

「あなた……やっぱりワザとやったのね。あたし、あれからずっと考えていたのよ」美和が俺を見つめる気配がした。「でも証明はできない」美和は溜息《ためいき》をついた。

「不可能ではないだろうが、君が望むような平穏な形で事態が落ち着くかどうかだろうな」

「あなた、あたしを知っている。そうでしょう」

「俺には提示できる条件がある。質問に答えるだけで三百萬。持ち物を譲って貰えればさらに五百萬即金で用意できる。領収書、受け取り書類等《など》は一切無しの無税。プラス俺の治療費はいらない。お望みならそちらの車を修理してやっても良い」

「条件はなに？」美和ははっきりと顔を上げた。

「君が息子さんを殺したときの状況を正確に聞かせて欲しい。何がきっかけになってその日、決行したのか。最後の言葉は何だったのか。どんな具合に彼の魂は召《め》されていったのか……」

今度は美和が黙った。

俺は待った。

次に彼女が口を開いたとき、陽に代わって月光が窓から射し込み、室内を照らし出した。床が銀色に光り出した。

「……できるかなあ。全部、憶えているわけではないもの。ところどころ飛んでしまってどうしても思い出せない部分もあるし。……それに辛《つら》いわ」

「時間はある。ゆっくり断片を繫《つな》ぎ合わせて貰《もら》って構わん」

「それはどこかに発表するの？　あなたマスコミなの」

「酷《ひど》いな。そんな風に見えるか」

「やり口が狡《ずる》いもの」

「俺はある依頼人《クライアント》の命で動いている。その人は金はあるが老人で首から下は麻痺《まひ》していて鼻も掻《か》けない。彼には日々《ひび》刻々《こくこく》と死につつある自分の不幸を紛《まぎ》らわすために他人の不幸が必要なんだ。俺がこうした事をするのは君が初めてではない。秘密は守られている。君は過去を話すだけだ」

「我が子を殺した母親の告白はその人にとって、うってつけの癒《いや》しになるわけ……」

「君が老人を考慮《こうりょ》する必要はない。話に化粧は必要ない。単にこちらの背景を説明したほうが意味が通りやすいと思ったまでだ。話は正確に真実のみを。俺は裁判官ではないし、ここで話されたことは俺と老人以外の誰にも伝わらない。このことで君を評価したり断罪する者は存在しない」

「……いるわ。ふたりの息子と……私のなかのあの子が」

「天国の弟さんだって兄上たちの貧窮《ひんきゅう》は望まんよ」

美和はもう一度、ゴロワーズを口にくわえたが火はつけなかった。タクトのようにそれは唇の前で揺れ続けていた。

「これは一種の脅迫だわ」

「結構。君は明日、俺を訴える。俺は名誉毀損《きそん》と軟禁による人身保護請求で受けて立つ。こちらはエキスパートを付ける。金は依頼人《クライアント》が。そちらの弁護料はそちらの財布から」

低い唸《うな》り声が聞こえた。それは美和から流れてくるものだった。

「でも断ったら……いくらあなたでも無理矢理、話させるわけにはいかないでしょ。そうなれば結局、あなたは失敗したことになるわ。そんな遅れを依頼者は快く思うかしら」

美和は口を開くと一転して緊張を解いていた。問題に対する視点を多角的にしたのだ。俺は美和の頭の良さに感動した。悪くない……彼女は生き残り《サヴァイヴァル》のコツを心得ている。

「俺達が話し合うべき点はまさにそこだよ。無理強《じ》いはしない。あくまでも君の理解が要る。俺の願いによって君が得る物と失う物。子供達との安定した生活と良心へのかすり傷」

「あなたはムカつくわ」美和は月光に顔を浸《ひた》した。しかし、言葉ほどに険《けん》は見られなかった。

「それで良い。話が済めば俺は消える。ほんの数日のことだ。落ちている金を拾おうとして他人の屁《へ》を嗅《か》いだようなもの。顔を上げたら厭《いや》なことは忘れ、手にしたものを見つめることだ」

再び長い沈黙。階下から二度、ナイフかフォークの落下する音がし、朔太郎が何事かを喚《わめ》いた。

「カッサンドを作らせてるの」美和は微笑んだ。「初めの頃よりだいぶ、巧《うま》くなったわ。

あたしはあの子に何としてでも手に職を付けたいの。料理人《コック》ならキッチンの奥で限られた人とだけ付き合っていても腕さえあれば食べていける」

「午前中にベーコン・エッグを食べた。あれならすぐ店が出せる」

「まだまだ訓練が必要よ。特に人との接し方はね」美和は机に近寄ると椅子に触れた。

「とても心配だわ」

「では、交渉成立だな」

「待って……礫に隠すことはできないわ。あの子はとても勘が良いの。相談しなくちゃ」

美和は壁のスイッチを押した。白々しい明かりが部屋を一瞬にして味気ないものに変えた。

「子供に委《ゆだ》ねるに適当な問題なのか」俺は顔をしかめた。

「八百萬ね。それにあなたの治療費と修理代」

「三百萬に治療費と修理代だ。五百萬はあるものと交換だ」

俺の言葉に美和は苛立《いらだ》ってみせた。

「何が欲しいのよ」

「事件に関わる物。いわばあれこれを忍ぶよすがとなる物。幻想の発電機《ダイナモ》」

「そんなものはみんな警察が押収してしまったわよ」

「ああ、知ってる。だが彼らも手に入れていないものがあるはずだ……五百萬の値に相応《ふさわ》しい物が」

「……何のことを言ってるの」美和の声は震《ふる》えていた。「あなた、アレの事を言ってるの……なんてこと」

「老人は欲しがっている」

「あれはあたしも知らない。動物が持って行ってしまったもの」声が震えていた。「捨てしまったし、よく憶えていないの」

「野生動物が欲しがるのは主に腑《はらわた》だ。仮に悪戯《いたずら》したにせよ、ご丁寧に隠すことはない。あれほど捜索して見つからないということは……故意に隠されたということだ」

「警察でもそう聞かれたけど……本当に判らないの。どこかに消えてしまったのよ」

「それは残念だな」俺は嗤《わら》った。

5

夜半、ふと目を覚ましたとき、暗がりで人を見つけるのは愉快なことではない。影は小柄だったが妙に大きく感じた。開け放しの窓からは夜気《やき》が流れ込んでいた。月光の下に佇《たたず》んでいる人影の手元で剃刀《かみそり》が光っていた。

「母から聞きました」礫《さざれ》の声は昼の印象とは代わって冷たく自信に満ちていた。「僕は構いません」

「そうか……」

「でも、条件があります」

「そんな感じだな」

「あなたの欲しい物は僕が探してきます。お金は僕にください……母さんには内緒《ないしょ》で」

「大人を馬鹿にするとお灸《やいと》を据《す》えるぞ」

「据えられませんよ」礫は近寄り、俺の頬を叩いた。

身を起こそうとして俺は身体が動かないことに気づいた。細い糸がベッドポストと俺の身体を繋《つな》いでいた。左足と腰、肩が決められていた。

「きつくはないでしょう。点で押さえてあるだけなんです」礫は俺の首のコルセットと脇のギプスを剃刀の柄《え》で叩いた。石膏が乾いた音をたてた「釣りの天蚕糸《てぐす》です。まだ右足と両腕には充分に力が入らないでしょう。だからこれで充分なんです。１２《トウエルブ》さん」

「人殺しの餓鬼《がき》らしい交渉術だな」

礫は俺の死角に入り込んだ。再び、現れたときには手にタオルを持っていた。「お母さんは変な儀式に凝《こ》っていたんです」

蒸しタオルが顔に押し当てられた。驚くほど熱かったが俺は声を出さずにいた。

「カルトです」礫が反応を楽しんでいるのは確かだった。

タオルが外されると今度は泡を嚙んだ茶筅型刷子《シェービングブラシ》が顎の下に淀《よど》みなく螺旋《らせん》を描いた。

「その剃刀はおまえのか？」

「動かないで」取り上げた剃刀の要《かなめ》部分がそれに応えて光った。

礫の細い指が頰に当たると霜柱を踏むような音とともに剃刀が俺の頸《けい》動脈をなぞっていった。礫の呼気には扁桃《アーモンド》の香りがした。

「慣れてるんだな」

「初めて巧《うま》くいきました」

礫はゆっくりと刃を滑らせていく、俺は不意に深呼吸したくなったが我慢し、代わりに親指で中指の爪を撫でることにした。

「弟は儀式に使われたんです。僕らもいずれ使われます。僕はここから逃げ出したいんです」

「カルトとおふくろさんは合わないな。どちらかというと愛情過多が引き起こした錯乱《さくらん》の結果という感じだ」

「母さんは謎の多い人なんです。父も恐れていました」

「ではなぜおふくろさんが出所してきたとき、再び一緒に暮らすことに合意したんだ。施設にそのまま残ることもできたはずだ」

刃が停まった。

「12《トウエルブ》さん。施設は人間の居るところではありません。あそこは家畜を……そう、羊のような、世間の贄《にえ》になるような人型の家畜を作るところなんです。入ったことはありますか?」

「残念ながら……無い。おまえとこんな議論をすると判っていたら、入っていたろうな」

礫の声は微《かす》かに震えを帯びていた。俺は奴がそのまま刃を停めているだろうかと思った。

「あの日、母さんが小箱を鞄に詰めているのを見たんです。白い誕生日のケーキを運ぶのに使うようなものでした」刃が動き始めた。

「待て。それ以上はノーコメントだ。俺が何を欲しがっているか、お前は知っているらしい。そしてそれはたぶん正しい。だが口には出すな。俺もそれには答えない」

「教唆《きょうさ》になりますものね」

「学があるな。だが、なぜ警察に言わなかった。探しているのは知っていただろう」

「ハッキリ見たわけじゃないから。それにいろんなことがアッという間に起きてしまったので」

「もう五年も前のことだ。記憶と現実の風景は変わっているだろう」

「はい」

「あてはあるのか」

「はい」礫は俺の首の反対側に回った。改めて刃が当たる。

「約束してもらえますか?」改めて頸《けい》動脈に刃が当たった。

俺は黙っていた……すると首に蜂に刺されたような痛みが走った。礫が小さく叫び、俺の首筋に蒸しタオルをあてた。血が付いていた。

「おまえが俺の必要とする物を持ってくる。OKならば支払う。期待のものでなければ払わない。それでどうだ」

「はい」礫は剃刀の刃を閉じると蒸しタオルで俺の顎から顔に掛けて一周させた。「後半に集中力を欠きました。あまり巧くできなかったな」礫は道具箱から絆創膏《ばんそうこう》を取り出すと出血部に貼り付けた。「すみません」

「月夜に怪我人の髭《ひげ》を剃ると気が狂うというぞ」

礫は黙っていた。

「必ず持ってきます。その代わりひとつお願いがあります。僕の代わりにサクを見ていてください。側に居るだけで良いんです。お願いします」

「なんだって。まだ身体が動かないんだぞ」

「それは薬のせいです。痛みが強いので、なるべく動かないほうが良いから量を多く飲ませてるんです。本当なら松葉杖さえあれば歩くぐらいはなんともないはずです。だから、今夜の夕食には入れてません」

「朔太郎次第《あいつ》だな」


「朔太郎次第だな」


「サクはおじさんを気に入ってますよ」

礫は頭を下げると部屋から出ていった。

6

美和は現在、旧姓を名乗っているが夫の姓は鬼交《きかだ》といった。

夫の自殺後、精神に異常をきたした美和は発作的に当時六歳になる三男の澪《みお》を殺害、その遺体を山に埋めた。早朝、山でスコップを使って人体様のものを埋める美和を、たまたま通りかかった松茸《まつたけ》泥棒が目撃。泥棒は何も言わずそのまま遁走《とんそう》したが麓《ふもと》で松林の持ち主から依頼され待機していた青年団に逮捕された。その際、自分が目撃してきたことを告発。当初は取り合わなかった青年団だったが、美和が運転する車が猛スピードで林道を下りるのを見て通報。連絡を受けた駐在所から所轄署《しょかつ》に連絡が入り、高速入口で待機していた白バイ隊員がナンバーと車種を基に美和の車両を停止させ、本人の同意を得て車内を検査。トランクにスコップと血液の付着したバスタオルを発見したため任意同行。同日、美和は犯行を認める自供を始めたため逮捕された。

美和の供述通り、澪の遺体は発見された。しかし、当人の首が切り落とされていることから美和にその所在を強く追及するも明快な返答は得られなかった。鑑識によって犯行場所である自宅風呂場よりルミノール反応が検出。解剖の結果、絞殺後に首を切断されたことが判明。美和の国選弁護人は同女《どうじょ》の精神鑑定を請求。犯行前日まで三児の母として懸命に働く姿が知人らより証言された事、夫、周《あまね》の自殺は長期に亘《わた》る鬱《うつ》状態が亢進《こうしん》したためだったが、精神的な拠《よ》り所でもあった二十歳以上も年上の夫の突然の死に孤立感を深めた彼女が我が身と残された子供達の前途を発作的に悲観し、凶行に及んだ点も加味され、結果として心神耗弱《こうじゃく》が認められることとなった。

検察側は懲役八年を求刑。判決は六年の実刑であった。美和は四年を刑務所で過ごし昨年、出所。その後、施設にいた朔太郎《さくたろう》と礫《さざれ》を引き取り、誰も身寄りのないこの地に流れるようにして住み着いた。

澪の首は未だに発見されていなかった。

礫の言葉通り、翌朝からは妙な体勢で身体を捻《ひね》ったときの胸の痛みは酷《ひど》いものになった。俺は胸の痛みを堪《こら》えながら美和と松葉杖を頼りにどうにか階段を下り、玄関まで辿《たど》り着いた。

「礫は？」

「地下よ。ノック無しには誰も入れないわ」美和は苦笑した。

「奴に朔太郎の世話を頼まれた」

「いつ？」美和が驚いた声をあげた。

「昨日、俺の部屋にやってきて髭を剃っていったんだ。そのときに……。朔太郎は俺を気に入っていると彼は言っていたが」

裏のポーチにはブランコ型《ロッキング》ソファーがあり、朔太郎が寝転がっても平気なほどクッションが敷き詰められていた。俺はそこに腰掛けると足を載《の》せた。ひんやりとした風が通り抜けて行く。

「確かに朔太郎はあなたを気に入ってるみたいだけど、礫が人にサクを任すなんて初めてだわ」

「奴は忙しいのか？　地下で何をしてるんだ」

「株よ。あの子はなかなか才能があるみたい。学校は不登校扱いになっているけど……。通信教育を続けているわ」美和は何か苛《いら》つくような素振りを見せながらポーチを行ったり来たりして、ときどき台所を気遣《きづか》わしげに眺めた。

「やはり俺では無理だろう」

「そうじゃないの……いいわ。お願いする。昼過ぎには戻るから」

「それともうひとつ頼まれてくれないか？」俺は踵《きびす》を返した美和を呼び止めた。「買い物ついでに頼む」俺は潰れたバッグのなかで壊れていた瓶《びん》から注意して剝《は》がした青いラベルを差し出した。

「なにこれ？」美和は近づくと手に取った。

「ピーナッツバターを頼みたい。なければ仕方ないが、できればそのメーカーのその商品を買ってきてくれないか？」

「すきっぴぃ。すーぱあちゃんく……ベストフーズ社」

「その通り」

「大事なことなの？」

「とてつもなく」

「よく判らないけど、このあたりで難しい買い物は無理よ」

「判るけど。あたってみてくれないか」

「どうせ無駄足よ」

美和は家のなかに戻り、やがてピックアップトラックが私道を出ていくのが見えた。ソファーに寝転がりながら屋根のひさしの向こうを流れる雲を眺めていた。こんなに長い間、Ｓｋｉｐｐｙを口にしていないなんて信じられなかった。

「こ、この前もよくできたと褒《ほ》められていたよ」いつの間にか美和に扮《ふん》した朔太郎が横に立っていた。こいつは図体の割には見事に気配を消してくる。

「ま、まいうぅ」朔太郎は手にしたサラダボールを突きだした。なかには溢《あふ》れるほどのレタスと胡瓜《きゅうり》が刻まれ、白胡麻《ごま》と酢、それと鷹の爪らしきものが散っていた。

「サラダは栄養なんだって。共産主義者はまず資本主義者を攻略する際にサラダを汚染する。サラダが汚染されればその国の人間はやがてエッセンスが酸性になってしまってカスカスになっていく。エッセンスがサラサラにけっ、結晶化するんだ。すると今まではキッパリと拒否していた共産思想もパリパリサリサリの脳味噌にはすんなり入ってしまう。リボトミー状態になってしまって、そうなるともう資本主義的に戻ろうとしてもかなり困難を呈する」

指が科学の授業で習ったフレミングの法則そっくりに広がり、きっかり三十二回振り回された。

「何かB級映画でも観たのか？」

俺は朔太郎がフリスビーよろしくボールを柵の向こうに放り出してしまう前に奴から受け取った。

「昨日、UFOが来ただろう？」

「UFO？　円盤のことか」

「見張ってるんだよ。いつも、この辺に来てる。エイリアンも」

「そうか。それは用心しなくっちゃ」

「礫は臆病《おくびょう》だから……俺が教えてやっても見ようとしないんだ」朔太郎は俺に頬を押しつけて笑った。

「そうか……奴はまだ子供だからな。畜生！　これは旨いな。サク、おまえは天才だよ」

「ちょれぎ。ママに教わった。ぐうぅ」朔太郎は突然、ソファーの支柱を摑《つか》み猛烈な勢いで前後に揺すり始めた。まるで身体と支柱が一緒になったみたいにグラグラと揺さぶった。

「なんだなんだ、どうした？」俺は身体を押さえるのに必死でボールは床に落ちてしまった。

「おまえ、ずっと俺の客になれ。おまえはよく能書《のう》きる良い客だ。もっと能書きってくれ」朔太郎は言い終わらないうちに〃いぃぃぃ〃と歯を食いしばりながら再び、支柱を前後に揺すった。

「あまり無茶をしないでくれ。傷に障《さわ》る」俺にはソファーから落ちないようにするのが精一杯だった。

朔太郎は落ちた鬘《かつら》を拾うついでにボールのなかに散らばったレタスと胡瓜を拾い上げては戻した。

「はい」

奴はそれを再び、俺に突きだした。一番上のレタスの下に突然、掬《すく》われてパニックを起こしていた蟻が潜り込むのが見えた。灰色の石粒が胡椒《こしょう》のように散っていた。

〃洗わないと……〃と言いかけて顔を上げたが朔太郎はインディアンのように無表情に俺が受け取り喜んで喰うのを待っていた。俺はなるべく砂と蟻のいないところを選《よ》って口にいれたが、それでも砂吐《は》きの悪い浅蜊《あさり》を喰っているようなものだった。

やがて俺が腹一杯だと仕草を見せると朔太郎はボールを受け取り、台所に戻っていった。

何やら叩いたり落としたりする音がしていたが、太陽がひさしから覗くようになるとようやく台所から出てきた。鬘とエプロンは外していた。朔太郎は俺を無視して庭の隅に消えると母屋《おもや》に接して二メートル幅の黒いシートの敷いてある場所にリヤカーを引いて出てきた。リヤカーが揺れるたびになかから鉄のぶつかる音がした。

「見ててよぉ、トゥーブ」朔太郎はリヤカーからバーベルと鉄棒《シャフト》、支えとなる汚れたベンチをシートの上に並べ、鉄棒の両端に巨大な鉄板《プレート》を一枚ずつ差し込むとベンチ上方の支柱の上に載せた。やがて朔太郎はその両端にさらに鉄板を重ね続け、合計十二枚の鉄板を重ねたところで鉄製のクリップで端を締め上げた。心なしか鉄棒がしなっているように見えた。

　いつの間にか礫が家の壁に凭《もた》れていた。

「百八十キロ以上あるんじゃないか……。補助はいらないのか」

「本人が嫌うんです。それに駄目なら放り投げますから……近くに居るほうが危険なんです」

　朔太郎は黒地にアインシュタインが舌を出している肖像《ポートレート》が転写されたTシャツを着ていたが、既に博士の顔は左右に引っぱられ半泣きになっていた。朔太郎は身体をほぐすようにに両腕を回し、身体をよじるとベンチの上に横になり、鉄棒を肩幅に握った。

「いきますよ」礫が呟《つぶや》いた。

機関車の動輪が軋《きし》むような音とともに朔太郎はバーベルを支柱から持ち上げ、そのまま胸の真上に移動させるとするすると下ろした。スキンヘッドが赤く膨れあがり、皮膚に埋もれていた筋肉が詳細に皮膚の下から浮かび始めた。バーベルは朔太郎の胸の上に触れず、すれすれで静止した。低い呻き声がするとバンッという感じで肩の三角筋が膨らみ半袖がラッパのように開いてしまった。皮にくるんだラグビーボールのように上腕裏側の三頭筋がグリグリと移動を始めた。

朔太郎の声が一段と大きくなるとバーベルは胸元から重力に逆らって徐々に昇り始めた。支柱から離れた鉄棒は朔太郎のグリップから先が完全にしなっているのが判った。

「化け物だな」

「いや、これからです」

礫の言葉が終わらないうちに完全に上までバーベルを戻したかに見えた朔太郎の腕が一挙に胸元に落ちてしまった。朔太郎の胸の上で鈍い音がすると次の瞬間に鉄棒は上昇した。するとまた胸元にバーベルを落とす。反動で上げる下げるを物凄《すご》い勢いで繰り返した。まるでバーベルの鉄棒がボールのように朔太郎の胸の上で弾んでいた。突然、紙を叩くような音がするとTシャツが破裂した。襟が破れ、肩から袖が外れていた。

「ぎゃあ!!」ひときわ大きく叫ぶと朔太郎は足下に向かってバーベルを投げつけた。それは軽い地響きをたてながらバウンドして草むらのなかに落ち着いた。

鬼のような形相で立ち上がった朔太郎の腕と胸は焼き上げたタイヤのように赤黒くパンパンに張っていた。首筋は肩まで山のような稜線《りょうせん》を描き、脇と胸の境は膨れ上がった肉が充満していた。動く度に脇が擦《す》れ、新品の靴のような音がした。

「サク！　ちゃんと戻しておけよ」

礫に気づいた朔太郎は照れ笑いを浮かべ手を振った。

「判る。いつもの場所！　いつものところ」

朔太郎はさらに牛の尻ほどもあるダンベルを手にするとそれを身体の前で上げ下ろしし始めた。

「あれを二百。サイドレイズにリアレイズ、ダンベルプレスにプルオーバーまでそれぞれ百から二百以上はやりますからすぐには終わりませんよ。本でも持ってきましょうか？」

「あんな奴に嫌われた犬は気の毒だな」

「サクは犬が大好きなんです。ちょっとやりすぎてしまうだけで」

朔太郎の上腕から手首にかけて凄まじい量のエネルギーを圧力に対抗して送り出すべく蛇のような血管がのたくり始めていた。俺は教育映画で観た倍速撮影された根の成長を思い出した。

ただ歩いているだけでも燃え上がりそうな陽射しも奴には気にならないようだった。朔太郎は今や悲鳴に近い叫び声をあげながらダンベルを振り回していた。

「週に何回トレーニングするんだ」

「決まってませんけれど、ここのところ頻繁《ひんぱん》になってます。週に三回か多ければ五回」

「五回じゃ、筋回復が間に合わないだろう。あの様子でやると筋疲労断裂を起こすぞ」

「でもそれしか方法がないんです」

「どういうことだ」

「サクはああしないと……性欲を昇華《しょうか》できないんです。だからあの方法で発散するのが良いと母さんが決めたんです」

「なんともＰＴＡ的解決法だな」

そのとき、朔太郎の叫びがあがり、同時に黒い塊が俺の頭を掠《かす》めポーチの階段で大きな音を立てた。

すっぽ抜けたダンベルが階段の踏み板を三枚壊して土中に埋まっていた。

7

「酷《ひど》い味だ」

　俺は舌に残った塊《かたまり》を美和の差し出したティッシュのなかに吐き戻した。

「でも、それ以外に無いのよ」

　美和はテーブルに並べた四種類のピーナッツバターを諦めたように見つめた。

「頼んでおいたけど鼻で笑ってたわ。礫《さざれ》にインターネットで注文させてもいいけど……時間がかかるわ」

「畜生」俺は唸《うな》った。

　その晩、俺は夕食にほとんど手をつけられなかった。食事中、朔太郎《さくたろう》は俺の皿を親の仇《かたき》のように睨みつけ、ついでに髪に着いたガムを見るような目で俺に何度も「喰え」と連発した。

　俺はそのたびに、樫材でできた大振りのテーブルを朔太郎なら発泡スチロールのように軽々とひっくり返すだろうし、そんな事態になれば俺の骨折箇所は天文学的数字になるのだろうと考えた。

　俺にはひとつ奇妙な習性があった。

　これを習性と言えるなら孫悟空の輪っかも同様なのだろうが、十歳の頃から極端に甘い物を嗜好《しこう》するようになった。一度チョコレートを二十枚食べてしまったことがあるし、コーラにはティースプーンで七杯ずつ砂糖を入れていた。金は頼めば父親が自由に渡したから際限なく食べることができた。父親は俺が次々と銀紙を剝《は》がして口のなかに甘い泥を詰め込むのを観察していた。

「すごいなぁ……そんなに食べるなんて」と父親は笑って見ていた。奴はいつも笑っていた。何をしても怒ることはなかった。いつも〝すごいなぁ〟と言いながら俺が自分の腕を切ったり、熱帯魚のいる水槽のなかに砂を何キロもぶちこんで魚を生き埋めにするのを喜んで見ていた。買って貰ったアフガンハウンドを開いて森に肉の旗を作ったときも、「すごいなぁ。お父さんはこんなこと考えつかなかったよ」と笑っていた。

　母はそんな俺を心配して医者に連れて行ったが明確な答えは貰えなかったようだった。精密検査の結果、脳の血管に何か普通の人とちょっと違う点があったらしいが、それが何を意味するかは医者にも判らなかった。

「身体には異常が見られないのだから、あとは親御さんの判断です。現時点で心配なのは虫歯ぐらいでしょう」と医者は俺の坊ちゃん刈りを撫《な》でてた。

当時はそんなものだった。

俺はその後、自分で少し調べてみた。すると甘い物を食べるのを止めると手がブルブル震え出すのは身体が低血糖という状態になっているということ、我慢すると危険な状態になることも学んだ。俺は携帯用に砂糖やキャラメルをいつも持ち歩くようにした。

不思議なことにいくら食べても肥るということはなく、どの年代になっても人より痩《や》せて見えた。

オレンジジュース、ケーキ、キャンディー、チョコ、ヌガー、成長するにつれて俺は携行しやすく、かつ症状を長い時間抑えやすい食品を吟味《ぎんみ》していった。そして辿《たど》り着いたのがピーナッツバターであり、俺は十年前からベストフーズ社の〈Ｓｋｉｐｐｙ／ＳｕｐｅｒＣｈｕｎｋ〉を愛用するようになった。

不思議なことにそれを使うようになってからは他の甘い物や類似品では期待する効果が出なくなっていた。よほど俺の身体に馴染《なじ》んでいたらしい。とにかく俺にはあれが必要だった。実際、俺にとってそれは新鮮な酸素ともいえた。とにかく身体が復調するにつれ要求も激烈なものになっていた。その一端が今夜の夕食に出たのだと思う。

「喰え」朔太郎は赤くなって怒鳴った。

「具合が悪いんだ」俺は手がマシュマロになったように力が入らずフワフワしていた。

「喰え、喰ってまた能書きろ。そしてサクを畜生って言え！」

「コーラはないかな」俺は肌を焼く熱い湯に浸《つ》かっているような気分だった。全てが投げやり、全身の毛穴がむず痒《がゆ》い。

「いったいなんなの？！」美和は俺の素《す》っ頓狂《とんきょう》な声に苦笑しながらペットボトルを運んできた。

俺はそれを砂糖壺《シュガーポット》に注ぐと掻《か》き混ぜ、なかの砂糖もろとも飲み下した。朔太郎を初め、全員が黙って俺に注目していた。

「糖尿病になりますよ」礫がポツリと呟いた。

ともあれ、それで少し誤魔化すことができた。


「こいつは脂肪が強すぎるんだ。うんざりだ」

俺は目の前に並んだ瓶を乱暴に脇にどけた。

「ここは原宿じゃないのよ」美和はうんざりした調子で瓶をビニール袋に戻していった。

「子供達が不安がってるわ」

「待て！　まだ捨てるな」

「これで良いのかしら」美和は頭を振りながら出ていくとラジカセを手に戻ってきた。

「問題ない。ふたりは？」

「サクは熟睡《じゅくすい》。礫も地下の部屋で……寝てるはずだわ」

俺達はベッドから机の前に移動すると俺は椅子に美和は床に直接、腰を下ろした。

「君の側に置いて構わない……準備は良いか」

「好きに話して良いのね」美和が頷《うなず》いた。

「あくまでも正確に……途中で質問をするかもしれんが」俺はREC《録音》スイッチを押し下げた。

美和はプールに飛び込む直前のように大きく深呼吸をすると息を整えた。

「あの頃、厭《いや》な雨が続いていたの……何日も何日も……。壁紙が湿気で何度も何度もめくれてしまって、そのたびに糊《のり》で張り直した……」

8

その犬は朔太郎《さくたろう》を見ると逃げる気力もないのか、ひたすらく〜んく〜んと哀愁《あいしゅう》を帯びた声を出して後退《あとじ》さった。犬小屋は錆《さ》びたドラム缶を横に倒しただけのもので、その横の立木に鎖で黒い犬は繋《つな》いであった。

「これは前の犬か?」以前、見た犬には鼻先に白いブチが無かったように思った。

「ウチの犬はコイツだけだよ。おお、よしよし……散歩したかったか。そうかそうなのか」

犬は一層、哀しそうに鳴き、朔太郎が鎖に手を伸ばし、同情を引くのが無駄だと知ると一転して牙を見せ唸《うな》り始めた。

「こいつ、少し散歩をさぼったからって怒ってやがる。ウチダの家じゃイロノルゼになっちまった」

「さぞ楽しみにしてたろうからな」

朔太郎が鎖を外《はず》しても犬は立ち上がろうともしなかった。よく見ると犬が腹張《はらば》っていたところの土が濡れている。小便を垂らしたのだ。

「じゃあ、いこ」朔太郎が鎖を引くと犬は尻餅《しりもち》をついたまま移動した。突っ張った前足の先がぶるぶると震えていた。朔太郎はそんな犬の必死の抵抗もまったく気にせず、自由に鎖を引いて歩き始めた。俺は松葉杖を片手で操《あやつ》りながら、それについていった。

ぎゃふと音がすると、たちまち犬は朔太郎の頭上で円を描き始めた。雨のように小便の飛沫《ひまつ》が散った。残念なことに俺には畜生の汚水を避《よ》けるだけの余裕が無かった。

「この道をまっすぐどんどん歩いて疲れたら戻る」朔太郎は笑った。

犬は炎天下を黒い傘のようにぐるぐると回り続けた。声は聞こえなかった。

「なあ、どうして歩かせないんだ」俺は家の私道から細い道路に出たところで尋ねた。

「おまえ知らないのか？　奴らは歩くのは辛《つら》いんだぜ。俺は知ってるんだぜ。だって二本の足で歩いてたって疲れるのに、奴らは四本も使って歩かなくちゃいけないだろ。大変だよ」

「でも、普通は犬を歩かせてるぜ。TVとかで見たことないか？」

俺は朔太郎が昨日の夕食のことを根に持っているのではないかと思ったがそんな素振りは微塵《みじん》も感じられなかった。

「あれはほんものの犬好きの筋《すじ》じゃないんだ。ほんとの犬好きは犬のことを犬のことばかりを、犬以上にも犬以下にも犬のように考えるものなんだ。ほら、気持ちよさそうだろ」

犬は半ば舌を垂らしながら目をつぶって振られるままになっていた。

俺は朔太郎について行くのがやっとだった。

「よう。だいぶよくなったな」突然、背後から声をかけられた。振り向くとパトカーがぴったりと後ろについていた。窓から俺の頬を突ついた警官が顔を出していた。

「もう歩けるのか」奴は俺達の速度と同じ程度にゆっくりとパトカーで併走していた。

「なんとか」俺は多少飛び上がるような感じで杖を使っていた。

「遠くからでもすぐにわかった」

「でしょうね」

「サク！　犬を下ろせ！　振り回すのを止めないか」警官はブョブョの身体を揺すった。

朔太郎は聞こえないかのように犬を振る手を止めなかった。

「白痴なんだ」警官はこめかみの横で円を描いた。「生後二百六十四ヵ月の赤ん坊だ」

「良い奴ですよ。少なくとも料理の腕は確かだ」

「乗るか？」

「いえ、身体が鈍《なま》ってるんで、これで結構」

「あんた、まだ身元が思い出せないのか」

「もう少しかかりそうですね」

急にパトカーが俺の前に通せんぼする形で停まった。俺は身体を支えるために立ち止まらなければならなかった。

「妙な考えを起こしてるんじゃないだろうな」警官はパトカーから下りると俺の前に立ちはだかった。

「どういう意味です」

「それはそっちで考えろ。どちらにしろおまえの頭のなかで考えている事はこれ以上、実行せず、キチンとラップに包んで保管したままどこかに失《う》せろ」

「私は被害者ですよ」

「だいぶ綺麗になったじゃないか」警官は俺の頬を眺めた。「こんどはもっと濃い芯を使おう」奴は笑い、それで今日の昼飯は餃子だと判った。

「サク！　犬を下ろせ」

奴はニヤニヤ笑いながら俺の肩を馴《な》れ馴れしく叩くとパトカーに戻った。アクセルを踏み込むときには早くも笑顔は消え、盛大に砂ぼこりを残して去っていった。


朔太郎の散歩は小一時間で終わった。ホッとした俺と俺以上にホッとした犬は、それぞれソファーとドラム缶に潜り込んだ。

ポーチの張り出しを下から眺め、風に吹かれていると俺の耳に美和のインタビューが甦《よみがえ》ってきた。

「礫《さざれ》と澪《みお》は二段ベッドで寝ていたの。礫の側で首を絞めることはできなかったから……あたしは一旦、居間に澪を抱いてきたの」

話し始めると途端に、美和の顔には緊張が走り、目が潤《うる》み始めた。

「彼は目覚めたのか？」

美和は頷いた。「そっと運んだつもりなんだけど腕のなかで目を覚ましてしまって〝ママ……もう良いのに〟って」

「どういうことだ」

「当時、澪は六歳だったんだけど、夏に父親が自殺してから夜尿《おねしょ》をするようになってた。だからあたしは夜中の適当な時間や明け方目が覚めたときにトイレに抱いていってたの。その晩は、知らなかったんだけど、本人は自分で起きて夜中に済ませたらしいの。その事を言ったのね」

「彼はそのとき、どんな感じに見えた。どんな印象《イメージ》」

「快い重さがあって、とても良い香りがした」

「髪を嗅《か》いだな。君はそれが好きなんだろう」

美和は頷いた。

「子供の毛質って成長と共に変わってしまうのね。産まれたばかりのときはほんとにヒヨコの和毛《にこげ》そっくりの柔らかさ。シャンプーで洗った後の香りと物質がなんとか固まったような頼りない毛先の感触に唇を埋めるのが大好きだったわ」

「彼が死んだときも嗅いだだろう。顔を毛先に埋め、記憶しておこうと深呼吸した」

美和は黙っていた。

「違いはあったか？」

唐突《とうとつ》に涙が美和の震える膝に零《こぼ》れだした。

「切り離した後はどうだ。やったろう。どんな匂いだった。死の始まりは匂いに出るか？」

嗚咽《おえつ》がインタビューを中断させた。


「トゥーブ、駄目！」

朔太郎は俺の手から砂糖壺《シュガーポット》を取り上げると手の届かない棚の上に挙げてしまった。

流し台《シンク》では首を〝？《クエスチョン・マーク》〟に捻《ひね》られた鶏が毟《むし》られるのを待っていた。

「サク！　返せ。俺には必要なんだ。ママに言いつけるぞ」

朔太郎は耳を貸さず、流し台の前に戻ると羽を撒《ま》き散らし始めた。

美和はあれから一睡もできなかったようで今朝の様子では気を利かせてＳｋｉｐｐｙを手に入れてくるというのは期待できなかった。散歩の後半から俺は背中を蟲《むし》が這い回っているような感覚に襲われ、頭痛がしていた。

「サク！　礫に言いつけるぞ」

「礫は、か、化石を掘りに行った。遅くまで帰らない」朔太郎は楽しげに背中を揺すった。

「それにママも今日は配達遅いから。夜ご飯はサクとトゥーブだけ」こちらを向いて笑った朔太郎の鬘《かつら》はまたズレていた。

そのとき、俺は脳天を打たれたかのようにひとつの名案に辿《たど》り着いた。

「サク！　おまえピーナッツ好きか？」

「ああ。ピーナッツはよく食べる。子供のときから食べる」朔太郎は振り向かずに言った。

「ここにあるかな？　その……旨いピーナッツなんだが」

「ある。ママが倉庫にしまってる。あれ。旨い」

俺は松葉杖を手にするとＧＥの大型冷蔵庫の前に進んだ。

「開けるぞ」

朔太郎は何も言わなかった。なかには期待した通りにバターがあった。冷蔵庫横の引き戸にはハチミツの瓶まで並んでいた。

「三温糖《さんおんとう》って知ってるか？」

朔太郎は黙って流し台の棚に並んだ瓶《びん》を指さした。腕は羽と血でベトベトになっていた。

俺はそういったものを確認するとゆっくりとテーブルに戻り、息を整えた。

「サク、おまえがいくら腕が良くても俺がびっくりするようなピーナッツバターは作れないだろうナァ」

するとと朔太郎の腕がピタリと停まった。

「おまえのおふくろさんは〝いつサクが美味《おい》しいピーナッツバターを作ってくれるか待ちきれない〟って言ってたぞ」

朔太郎は肩越しに振り返った。目が細められ、俺を値踏みしているようだった。

「ママが？」

「そうさ。おまえのおふくろさんも実はピーナッツバターが大好きなんだ。昨日、俺にそう言ってたよ。でも、〝今の朔太郎には無理だから頼めない〟って悲しそうな顔をしていたな」

「ママはピーナッツバターなんて言わなかったぞ」

「おまえには言えなかったんだろう……そのおまえは……まだ練習中だし……無理だと思ったんだよ」

「無理は無理なことをする人が無理なんだよ。無理を無理にする奴が無理」

「そうだ。無理だ。無理」

「無理は恥ずかしいことか？」

「どうかな？　それはおまえがどれだけおふくろさんを大事に思うかって事によるな」

「山より大事だ。ママは……もっともっと地球ぐらいよりももっと」

朔太郎は今や流しの鶏を半禿《は》げのままにして俺のほうに向き直っていた。

奴は俺の餌《ワーム》に食いついた。後はゆっくり糸が切れないよう、当たりに合わせながら手繰《たぐ》り上げるのだ。

「難しいからなピーナッツバターは。第一知らないだろう？　作り方」

「トゥーブは知らないのか？」

「勿論《もちろん》、俺は知ってるよ。俺は男だからな」

「男はみんな知ってるのか？」

「当たり前だ。大人の男はみんな知ってる。それが大人の男って事だ」

「じゃあ、礫は知らないな」朔太郎の顔にパッと笑みが広がった。「礫は子供だ」

「そうだ。礫は知らないぞ。もしできれば、この家に本物の男はたったひとりだ」

朔太郎は顔を鼻の穴にして息を吸い込んだ。

〝ホンモノノオトコハタッタヒトリ……ホンモノノオトコハタッタヒトリ〟朔太郎は天井を睨《にら》むと再び、口のなかで転がし始めた。頰紅《チーク》が色を増した。

「男だ。高倉健だ。緒方拳だ。菅原文太だ」

「そいつは知らない」

「気にするな。とにかくお前は男に成れるんだ。礫なんかビックリするぞ」

朔太郎の顔に決意が漲《みなぎ》った。

「やらない」

俺は心の階段を踏み外し、固まった。

「勝手なものを作るとママに怒られる。前も怒られた」朔太郎の口調には叡知《えいち》に縁遠い者特有の頑迷さが混じっていた。遠くへ行ってしまった感じだ。もうひっくり返すことはできまい。

「……そうか。それで何を作った」

「シチュー。犬で。……動《いご》かなくなったから。ママ燃えて怒った。怖くて……オレ泣いたもの。だからしない。絶対！　ぜえったい！」〝絶対〟という部分で俺に向かってフレミングを五回突きだしてから朔太郎は再び、流し台に向かってしまった。

俺は地蔵になっていた。

斯《か》くしてメデューサは生きている。調子にのる者を石化させるのは珍しいことではない。

滅びたのはペルセウスのほうなのだ。

こんなに失望したのはオークランドの湖畔でブラックジャックの女ディーラーの胸を裂《さ》いたとき、なかから饅頭の王様のような生理食塩水入りシリコンバッグが飛び出して以来だった。あまりのことに頭に来た俺は空港の便所にそれをまるごと詰めてやったのだ。朔太郎は包丁を取り出すと俺との話など存在もしなかったかのように鼻唄をやらかしていた。

俺はこめかみを鉄の足を持つ蜘蛛《くも》が駆け回るのを感じて呻《うめ》いた。今日は昨日よりも飯が進まないのは確実だった。俺は迫られていた。このまま事態を流れに任せてしまうか。それとも自分で打開するか。俺の打開策はあまり褒《ほ》められたものではなかった。褒められたことをしてきた憶えはないが、そんな俺でもこの手段を取るのは拾ったベーコンをひと吹きした後で口に詰め込むような気分だ。しかし、それしか方法のないことも蟬《せみ》の命は泣いても笑っても七日間、というくらいハッキリしていた。思い通りにいっても、この方法はいろいろと厄介事を新たに引き起こす。しかし、緊急避難として認めて貰うしかない。

だが、これで美和は永遠に俺を許さなくなる……。

「朔太郎君」俺は意を決して声を上げた。

朔太郎が苛《いら》ついた顔をして振り返った。俺との話し合いは、今はうんざりといった風だった。

「筋トレより、もっと身体に良いことを教えてあげよう」

朔太郎の目に興味の星が煌《きら》めいた。

四時間後、俺はハチミツの瓶に詰め込んだまだ温かいできたてのピーナッツバターを手にしていた。朔太郎の味覚は本当に驚くべきものだった。何を足し、何を減らせば求める人間の最良の味になるか神通力《テレパス》で見通しているようだった。奴がメディチ・ボルジアの御代《みよ》に産まれていれば、あの頭のままで爵位《しゃくい》を授かったろう。

流し台には半禿げの鶏が手つかずのまま放り出してあり、朔太郎の姿はなかった。もう二時間。扱《しご》き過ぎで竿《ディック》から煙がたつようなことにならねば良いが……。

「いくら力を入れても肌が紙縒《こより》のように捻《ねじ》れたまま、そのまま刃の下を動くだけ……」

美和の暗い告白が響いた。

「首を片手で引き落とすときは頭を摑《つか》まなければならない。胴を摑んでは……難しい」

美和は頷いた。いつのまにか汗が鼻先を伝っているのが見えた。

「そこまで考えが回らなくて、あたしは鋏《はさみ》を使ったの……」

満月に照らされ丸く切り取られた床の部分だけが冷たく冷えているように見えた。美和はその輪の外側に座り、光の淵に手をつき、暗闇から光のなかを覗き込むような姿勢でいた。

「皮に切れ目ができた後、糸鋸《のこ》を用意したの。手から力が殆《ほとん》ど抜けてしまっていて脂《あぶら》の滑りを殺してまできつく柄を握ることができない……だから」

「澪の下にあった風呂場のタイルの色を憶えているか？」

「ブルー。淡い。作業中は血が混じると紫になると思ってたのね。それが全然。血はタイルの表面の輪郭《りんかく》を軽く撫でるだけでみんな排水溝へと流れていく。それが不思議だった。血とタイルが混じるはずもないのに……」

「血の流れを見て何を感じていた」

「ロボット……大きな」美和は身震いした。「浴槽のなかで熱いシャワーを出し続けていると、蒸気が満ちてきて何かのお腹のなかにいるような気になってくるの。床は温かいし……。澪の血は全部、タイルをなぞった後、排水溝に行くのだけれど、金具が昔見たロボットの口そっくりだった。そこに赤いものが注がれていった。血を飲むロボット。ああ、あたしはこのロボットを人間にするために澪の血を飲ませているんだって……」

「それから」俺の声に不意に欠伸《あくび》が混じったのに美和は気づいた。

「骨を挽《ひ》いたわ」美和は顔を上げた。「挽くたびに手にビリビリした振動が伝わった。それが怖くて……でもその振動を押さえ込まなくちゃ、刃が骨に食い込んでいかなくて、そのとき、声がしたの……」

「澪の声だな」

「言葉じゃなくて、ほぉっと息をついた安心したような」

「刃が気管を切断したんだ……よくある」

「それでこの子は逝《い》ってしまったということがわかった……。あの子を見たの……人形みたいだった」

「鋸《のこぎり》はどうした？　彼に埋めたまま？」

「刃は首に埋めたまま身を引いて……」

「なるほど」俺はＰａｕｓｅ《一時停止》ボタンを押すと黙って美和の顔を見つめた。

美和は光の輪を見つめていた。

俺は机の上に置いたＴＤＫの１２０分テープを眺めた。

「良く憶えているな。絞殺から切断まで……たいしたものだ。というよりも、感心する」

「憶えることが……永遠に記憶することが供養になると思ったの。それに忘れてはいけないのよ」美和は溜息《ためいき》をつくと身を起こした。「良い？」美和はゴロワーズの包みを取り出した。俺が頷《うなず》くと彼女はマッチで火をつけ、深々と吸い込み、そして吐き出した。

「ところで。ねえ、夕食はどうしたの？」

「さあ、俺は食欲がなくてな。いい加減、困っていたところにサクがピーナッツバターを作ってくれた。俺はそれをスプーンで戴《いただ》いて終わりだ。後のことはしらん。会ってないのか」

美和は探るような目つきで俺を睨《にら》んだ。

「会ったわ。勿論」立てた片膝の臑《すね》から下が見事に長い。

「朔太郎《やつ》は実の子じゃないだろう。君の産んだ子じゃない」

美和は答えなかった。

「答えようが答えまいがどちらでも良い。答えてもこれは金にはならん質問だ」

「初めて逢ったとき、あの子は六つだった。もう十六年も前の事よ。あたしは二十歳であの子の父親と結婚したの。その年に産まれたのが礫よ。それから四年後に澪。あたしはサクだけで充分だったけど、彼が強く望んだの」

「悪いが、今、母親づらは似合わないぜ」

美和は口を開けたまま停止し、そして項垂《うなだ》れた。

「あなたは自分があたしよりましだと思ってるんでしょう。でもね、あなたは屍肉《しにく》に群がる蛆《うじ》なのよ。鏡を見てご覧なさい……ああそうか、あなたを映し出す鏡すら無いわけね」

「気を悪くさせたのなら謝る。そんなに怒るとは思わなかった」

「あなたは不気味だわ」美和は俺を見据《す》えたまま口に入った煙草の葉を舌でたぐってからプッと吐いた。「死んだ魚のような人。どんなに光をあてても反射することのない穴みたいな人間」

「穴は穴でも金の卵を産む鶏の肛門《けつめど》だよ」

「サクの様子が変だわ。部屋に閉じこもったまま顔を見せない」美和は吸い殻《がら》を足下で揉《も》み消した。

「良いのか？　上等な床に跡がつくぞ」

「お願いだから、ここに何も残していかないで。あなたが居たという痕跡《こんせき》は何もかも消してしまいたいの。子供達に余計な記憶を残すようなことはしないで。あたし達にとってあなたは悪夢でしかないわ」美和は立ち上がった。「それができなければ話はできない。後は好きにすれば良いわ」

「俺がなぜ君の話に突っかかるか教えよう」

俺は録音済みのテープの山を摑《つか》むとそっと足下の床に積んだ。美和の目がそれを訝《いぶか》しげに追った。「あの警官《おまわり》流に言わせて貰おう」俺は立ち上がると松葉杖の足を摑んだ。「あんたの話はまったく芝居《ばいし》臭えのさ」そして松葉杖の柄をテープ目がけハンマーよろしく振り下ろした。「明日からは、もっと誠実《マジ》にやってもらいたいものだな」

深夜、耳を澄ますと朔太郎の呻くような啜《すす》り泣くような声が聞こえてきた。それは切れ目のない笛の音のように、いつまでも続いた。俺は放り出したままになっているテープの欠片《かけら》に目をやりながら、顔面を蒼白《そうはく》にさせて部屋を出た美和の姿を思い起こしていた。自分のやったことが正しいのか間違っているのか自信はなかった。ただ、あのときの俺の行動は脳味噌で説明できるものではなかった。敢《あ》えていえば脊髄《せきずい》の裏付けに従ったままだった。

朔太郎はソプラノで啜《すす》り泣いていた。

9

朝食は美和が作った。ベーコンとソーセージ、目玉焼きに白米の和風コンチネンタルスタイルだ。朔太郎《さくたろう》は身体の具合が悪いのか俺が来るまで物置にしていた小部屋で寝込んでいるという。美和は先ほどから何度も視線で俺を射殺《い》そうとして失敗していた。

「見ろ、礫《さざれ》。デビルズタワーみたいだろ」俺は皿に盛られた潰し馬鈴薯《マッシュ・ポテト》で山を作り、山頂部をスプーンで平らにした。「未知との遭遇……見たろ？ 礫」

礫は学級委員のような目つきをして、首を振りながら自分の皿に戻った。

「サクはこの辺にUFOが来るって言ってたがな」

「車のヘッドライトが何かの加減で部屋に入り込むことがあるんです」

「食べなきゃ下《さ》げるわ。今朝は忙しいの」

美和が俺の手元から皿を取り上げた。その際、手首に縁《ふち》が当たり、礫が顔を上げるほどの音をたてたが美和は何も言わなかった。

俺は自室に戻ると瓶に入ったチャンクをスプーンで掬《すく》うと口に入れた。ピーナッツ特有の香ばしい匂いが口中に広がり、ゆっくりと舌の上にそれが馴染んだ。俺は咀嚼《そしゃく》して奥歯を使って粒を丁寧《ていねい》に潰し、目を閉じると身体全体でそれを味わった。

美和の車がバウンドしながら出ていくのが聞こえた。続いて地下室へのドアが閉まった。

俺はギプス越しにあちこちを動かしてみた。痛みが薄らいでいた。だいぶ状態が良い。俺はなぜか昔から傷の回復が早かった。軽い切り傷だと数時間で塞《ふさ》がってしまうこともあった。

美和は今夜からどう出るだろう、ボンヤリ考えていると、今まで聞いたことのない獣の声がした。窓から覗《のぞ》くとドラム缶のあたりに人影が見えた。朔太郎だった。朔太郎の身体が左右に揺れる度に感極《かんきわ》まったような獣の悲鳴が響く。肉で作った笛の音。耳につきそうだった。

「サク！　なにしてる」

朔太郎は反応しなかった。俺は階下へ降りることにした。

ポーチの先で朔太郎が犬の頭を持ち上げているのが見えた。

ドラム缶のそばまでくると朔太郎が何をしているのかハッキリした。

犬は二匹になろうとしていた。

正確に言うと下顎の分と上顎の分をもとにして身体全体が松葉のように分離し始めていた。馬並みに広がった口のなかで長い舌だけが上に着こうか下に着こうか立場を決めかねているかのように揺れていた。犬は白目になっていた。

「サク、何か飲み込まれたのか？」

「こいつ俺を嗤《わら》った……俺がビョーキになったので、それを言いふらしていた」朔太郎は上顎と下顎を摑《つか》んだ拳を左右に振った。

「奴がそう言ってたのか？」

朔太郎は返事の代わりに両腕をエキスパンダーよろしく、限界まで一気に伸ばした。濡れたカーテンを引きちぎるような音を立てて犬は二匹になった。下顎側はほとんど領土がなかった。ほとんどは上顎側に残ってしまい。実にバランスの悪い別れかたになった。腹から海胆《ウニ》のような色をした内臓が噴きこぼれ、それを掻《か》き集めようとするかのように前足が地面を蹴った。血が黒いシーツとなって犬の下に広がった。

「俺はビョーキになった」朔太郎は血に塗れた顔で両頬を叩き、その飛沫《しぶき》が俺にかかった。

「おまえのアレ。止められない」朔太郎はそう言うと前チャックのジッパーを弾き壊しそうになっている股間を殴りつけた。水の詰まったボールを蹴るような音がし、朔太郎は呻《うめ》いて跪《ひざまず》いた。

「ずっとしてたのか？」俺の問いに朔太郎は頷《うなず》いた。

「血が出てきた。なのに止まらない」奴は泣いていた。「白いタレがいっぱい出る。身体腐ってしまった。なのに止まらない。タレどんどん出る。終わらない」朔太郎は身体を丸め、横倒しになったまま号泣した。

俺は犬の白目がゆっくりと下がって、黒目が出てくるのを眺めていた。スロットマシーンの絵柄のように上から下へとジリジリ蝸牛《かたつむり》並みのスピードで黒目が戻り、それは洟《はな》を垂らしている朔太郎を見ていた。

「きっとママに嫌われる」朔太郎は呻いた。

「嫌わないよ、サク。ママは判ってる。大人の男はみんなそうなる」

朔太郎はそれを聞くと泣くのを止め、寝転がったまま顔に当てた腕の下から俺を見た。

「本当だ。大人の男はみんなそうだ、気にするな。お前は大人の男になったということだ」

「タレ出るぜぇ?」

「出てもだ」

するとウゥッゥッと朔太郎は何事かを叫びながら起きあがり、俺に背を向けるとズボンを下ろし、上半身とは別の皮膚を貼り付けたかのように生白い尻を出した。二色アイスのような尻が小刻みに揺れるとアッという間に朔太郎は昇天《しょうてん》の声を上げ、再び俺を振り向くと〝うえ～ん〟と寝ころんで泣き出した。身体の割には小ぶりで桜色のペニスがぶらぶらと眩しそうに揺れた。

「サク、おまえは病気なんかじゃない」俺は朔太郎の手に触れようとしたが液体で濡れていたので、禿頭を触った。「しっかりしろ」

朔太郎は暫《しばら》く泣いていたが、やがて下半身が日焼けでジリついたのかズボンを上げた。

「とにかく話は後だ。やりたいだけやれ。話はそれからしてやる。判ったな」

朔太郎は頷くとドラム缶の陰にこそこそと移動していった。

家の窓に白いものが見えた。礫だった。奴は俺と目が合うとしかめっ面のまま首を何度も振り、屋内に消えた。

俺はダンベルで破壊された階段に足を取られないように気をつけながらポーチのソファーに戻った。振り返ると既に朔太郎は強力な性欲に応戦していた。

朔太郎の呻き声に混じって空の彼方《かなた》で雷鳴が轟《とどろ》いた。不思議な事に空は抜けるような青空であり、陽射しはあいもかわらず殺人的だった。

ウトウトしかけた頃に肩口をつつかれ、目が覚めた。朔太郎だった。

「終わった」朔太郎の口調には何か迷っているようなニュアンスが含まれていた。

「まあ、座れ」俺は床を指さした。

朔太郎は体育座りになった。

「俺が昨日、教えたことは変じゃない。病気でもない。おまえがデチ棒ひねくり回して、一発ドカンとやらかすことも自然なことなんだ。みんなやってる。ただ黙ってるだけだ」

〝オカシクナイタダダマッテルダケ……〟朔太郎は繰り返した。

奴のなかに俺の話が染み込んでいる。良い兆候だ。

「一番いけないのは、あれをして悩んだり悲しんだりすることだ。それはウンといけない」

「そ、そうかな」

「そうだ。ご飯だって、いちいち鶏に可哀相だ、魚に可哀相だって食べてもおいしくない。そんな食べ方を続けていたら病気になってしまう。あれと同じだ。食べるときは食べる。カクときはカク。それで良い」

〝カクトキハカク……カクトキハカク……カクトキハカク〟朔太郎はそこまで呟《つぶや》くと猛然と立ち上がった。

「かなりわかった！　トゥーブ行こう！」

「どこへ」

「裏山」朔太郎は俺を抱え上げるとポーチを飛び降りた。

どこをどう走ったのか見当もつかなかったが、林のなかに下ろされると朔太郎は手近にあるかなり太い枝をへし折った。

「トゥーブはそこに」朔太郎はそう言うと山肌に身を寄せるようにして山頂部へ目をやった。まばらな雑木林ではあったが地表にまで届く陽射しはバラバラだった。

暫《しばら》くすると下草を踏むテンポのよい音が聞こえた。

朔太郎の枝を摑んだ腕に筋肉の溝が浮き始めた。朔太郎は一度だけ上唇を舐《な》めた。

顔を上げると山の稜線からこちらに向けて黒い集団が下りてきた。

野犬の群だった。しかし、昔の野犬と違っていかにも雑種と思われるなかにチラホラと図鑑や週刊誌で女優がキスするときに使われるような犬もいた。まさにチームの先頭をきって下りてくるのはそんな犬だった。毛並みは最悪だがアフガンハウンドというのではなかったろうか。

犬達が風下の俺達の匂いに気づいて行進を止めた途端、朔太郎は大猿《ましら》の勢いで斜面を駆け上がると犬の一団に向かって木刀のような枝の破片を叩き込んだ。犬の絶叫と共に周囲の二三匹が破裂したように吹っ飛んだ。朔太郎は腕のなかに黒い犬を既に捕まえていた。慣れているのか他の犬は雲散霧消した。

「やったトゥーブ。やった！」朔太郎は笑った。

それに答えようとすると魚臭い酷《ひど》い臭《にお》いが鼻をついた。傍《かたわ》らに転がった松葉杖の上にブルドッグが乗っていた。奴はハロウィンのかぼちゃのように大口を開けて俺の首を狙っていた。

目をやるまでもなく朔太郎は俺の状況に気づいたようで続く言葉はかけてこなかった。

ブルは充血した目と糊《のり》のような涎《よだれ》を垂らしたまま後ろ足をバネのように曲げ始めた。こいつらは追って噛むことをしない、あくまでも自分の射程圏内に相手が踏み込むのを待って砲弾のように射出し、喉頸《のどくび》を粉砕するのだ。しかも奴らの噛み合わせは、下顎《あご》が上顎よりもかなり前に突出しており、これによって奴らは獲物に喰いつきながらも、楽に呼吸できるようになっている。まさに〝BORN TO BITE《生まれながらの喰いつき屋》〟なのだ。

八秒と俺は予想した。今から八秒後に全ての決着はつく。俺であれ、ブルであれ、決着はつく。

俺は手近の枝でナイフ代《が》わりになりそうなものを摑んだ。五……六……七。音もなく一秒早くブルは飛び掛かってきた。とっさにブルの喉元目がけ、俺は枝を振った。予想通りのど真ん中に枝は深々と突き刺さった。が、ブルの何重にもなった皮膚が鎧《よろい》となり、枝は反動で皮から吐き出された。

俺は喉元にガツンと殴られたような衝撃を感じ、仰向けに倒れた。ブルは首のコルセットを万力《まんりき》のように締め上げた。ミシミシと蜘蛛の巣のように罅《ひび》があちこち一気に走り回るのが感じられた。これら罅と罅が手と手を繋ぎ合わせればコルセットは噴き飛び、俺はおしまいだった。

その瞬間、俺は首から持ち上げられ二メートルほど放り投げられた。蛙《かえる》をまとめて踏んだような音がするとブルの足を摑んだ朔太郎がそばにあった木の幹にフルスイングした。〝げきゅぅっ〟という音をたててブルの頭は破裂した。朔太郎の手には短いブルの胴体が薔薇《ばら》の花束のように先から肉を垂らして残っていた。

「むーらんほ」朔太郎は笑った。

〝ホームランだろう〟と出かかったがコルセットが喉に喰い込んで咳き込んでしまった。

ブルの脳漿《のうしょう》と牙の突き刺さった樹には〝自然を大切に〟というプレートが止めてあった。

「釣れた」朔太郎はいつのまにか結んだ鎖を摑《つか》み、黒犬を吊り上げた。

犬は心なしか悲しそうに見えた。


朔太郎はお祝いに山で一回擦《ズ》ると俺を抱き、犬をブラ下げて道に出た。擦っている様子からはもうすっかり吹っ切れたようで、終わってもニコニコとしていた。

俺の大好物な笑顔だ。

「トゥーブは死にかけたな」

「ああ」

「俺が助けた」

「ああ」

「ばんざい！　ばんざぁーい」何がめでたいのか知らないが、朔太郎は犬を回し始めた。

俺は吹っ飛ばされた衝撃で身体のあちこちが痛んだが、朔太郎はまったく意に介《かい》さずドンドン道を進んでいった。「ちょっと待てよ。また警官に見つかるぞ」

朔太郎は黒い犬をプロペラにしたままスキップし、時折、小走りになった。

「トゥーブ！　いま何か光った」朔太郎は大声を上げ、背後の空を指さした。

「あ！　ＵＦＯ！　ほら、また光った！　ＵＦＯだぁ！　お～い」

その言葉に俺が馬鹿っ晴れの青空を振り返った瞬間、世界は破裂した。

10

目覚めると小栗鼠《こりす》のような顔の看護婦が居た。俺は病室を見回すと風景が以前とまったく変わっていないことに気づき、今まで俺は長い夢を見ていたのかと驚いた。

「運が良かったのよ」小栗鼠は俺の口元でそう呟《つぶや》いた。

もっとそばによってくれても良いのにと思っていると髪を振り乱した美和が入ってきた。

「疫病神《やくびょうがみ》」美和はハンカチを口に当ててそう言った。「ろくな事がないじゃない」

「やっぱり俺達は知り合いなのか?」俺の言葉に美和は小栗鼠を見つめた。

「ショックが残っているのです」小栗鼠は何やらガーゼを載せた盆を持って出ていった。

病室には俺と美和だけになった。

「なにがあった」俺は暗くなった窓を見た。「もう夜か」

「二日目の夜よ。あなたとサクは昨日の夕方、落雷に遭ったの」

「落雷?」

「直撃は免《まぬが》れたけれど、朔太郎は感電したわ。かなり火傷《やけど》したの。警察の話じゃ、犬を繫《つな》いでいた鎖に被雷したんじゃないかって」

「つくづく可哀相な犬だ」

「ねえ、裏にふたつになった犬があったけど……」

「あれはサクだ」

俺の言葉に美和は俯《うつむ》いた。

「あんなことは初めてだわ」

「犬を絞首刑にしたまま振り回すのが趣味だ。いずれ辿《たど》る道だよ」

「奴はどこだ」俺は身を起こした。

首のコルセットは新しくなっていた。手足を動かしてみたが、折れてはいなかった。

美和は余計なお世話だと言いたげに顔をしかめた。

「隣よ」

苦労して振り返ると部屋の奥にカーテンが引かれていた。なかから心拍数と呼吸を計測するようなピッチ音が漏《も》れていた。

「手を貸してくれ」

「御免だわ」美和はすたすたとカーテンの向こうに入っていった。

俺はベッド脇の松葉杖を掴むと立ち上がった。松葉杖にはブルの血が点々とこびりついていた。

「朔太郎《さくたろう》……」カーテンの裾に杖を取られないよう苦労して覗き込むと美和が包帯だらけの巨人の頭を撫でていた。腕や足の先から焼けた皮膚の残骸《ざんがい》が覗いていた。朔太郎の顔は包帯に隠れていたが目と唇部分に開いた穴から黒々とした皮膚が見えた。

「ミイラ男と言いたいが、まるで白いバームクーヘンのお化けだな」

「ほっといてよ」美和は静かに泣いていた。

「奴はUFOだって言ってたぜ。俺に向かってUFOが見えた！って」

「あんた達が被雷するのを見てた人がいるのよ」

「あの警官《おまわり》だな」

美和は頷いた。

「見張ってたみたい。あんたが身元を明かさないから不審がってるのよ」

「にしても執拗《しつよう》だな。この町にゃ他に事件はないのか」

「あっても大した事件にはならないわ。みんな昔っからの知り合いですもの。コンビニの店長と警官は小学校の同級生。エピファニィのマスターとここの医院長は中学の先輩後輩。あっちとこっちは親戚繋がり、そっちとこっちは婚姻繋がり、こんな感じの見捨てられた町ではみんなそう。だから警察沙汰、訴訟沙汰になる前に周りで解決させてしまうことが多いのよ」

「あの警官はあんたのことを知ってるのか？」

「勿論《もちろん》、初めに挨拶に来たもの、向こうから」

「じゃ、町中の人間が知ってるわけだ」

「それは、どうかしら……」美和は口ごもった。心なしか顔が紅潮した。「でも、たぶんね」

「奴は脅《おど》しが目的なのか？」

「面と向かって言うわけじゃないわ。〝奴らの耳と口から俺が守ってやる〟って繰り返すだけ」美和は朔太郎の手を取った。

「でも黙って裏庭に立っていたりするわ。何もなくても一週間に一度は夜になってから訪ねてくるし、ふたりだけになると身体を押しつけてくる。〝男やもめは何かと不便だ〟って訴えたり……」

「五十は越えてるようだが、浅ましいことだ。エスカレートすると危ないな」

「この子がいるから迂闊《うかつ》に手は出せないの。一度、あたしがシャワーを使っているところを覗いたのでサクが鼻を砕《くだ》いたのよ」

「よく警官Aと警官Bに分離されなかったものだ」

「礫《さざれ》が止めたの。サクは礫の事は怖がってるから」

「奴は結婚はしていないのか」

「逃げたのよ。町にふらりと現れた自称ミュージシャンという男と。雑貨屋で聞いたわ」

「まさに俺は八つ当たりにうってつけなわけだ」

「そうね」美和は閉じられた朔太郎の黒い瞼《まぶた》を見つめ続けた。

俺は自分のベッドに戻ると目を閉じた。


深夜、朔太郎の唸り声で目が覚めてしまった。見るとカーテンが開かれ、小栗鼠の看護婦と院長が朔太郎をベッドに押さえ込もうとしていた。隅には美和の代わりに礫がいた。

「帰る!」朔太郎は医師を弾き飛ばすと半ば起きあがった。

医者の銀縁眼鏡が反動でロケットのように俺のベッドまで飛んできた。計器からコードが千切れ、小栗鼠の悲鳴を遮《さえぎ》るデカさで警告音が鳴った。いまや朔太郎は映画で見るフランケンシュタインの怪物そっくりにベッドから腹筋だけで上半身を持ち上げていた。点滴台が倒れ、大きな音をたてて床に硝子《ガラス》の破片が散った。

すると隅に待機していた礫が歩み寄り、片手を突き出すと、掌《てのひら》を朔太郎の前に広げた。

朔太郎は礫の手のなかにあるものに釘付けとなり、何事かを礫が呟《つぶや》くと、朔太郎は金縛りにあったように起こしかけた身体を止めた。礫がそのまま手を押しつけるようにすると朔太郎は再び、横になった。

漸《ようや》く立ち上がった医師が大ぶりの注射器を剣のように摑むと朔太郎の胸元に振り下ろした。鈍色に光る針が朔太郎の焦げた地肌に埋まると即座に内筒《プランジャー》が押し込まれた。朔太郎の口から大きな溜息が漏れた。看護婦が押さえている腕はびくびく藻掻《もが》いていたが、次第に判別不能の呟きとともに鼾《いびき》に取って代わった。

「いつもいつもこんな事ばかりできんぞ」自分が被雷したかのように御髪《おぐし》の乱れてしまった医師が立ち上がると、捻《ねじ》れた眼鏡を知恵の輪よろしく元の形に復元しようと苦心していた。礫が謝罪の言葉を口にすると医師は看護婦を伴って出ていった。点滴もコードも放りっぱなしだった。

「前に入院したときもこうだったんです」俺が起きているのに気づいた礫が俺のベッドにやってきた。

「もう懲《こ》り懲《ご》りといった風情《ふぜい》だったな」

「犬に嚙まれた傷から破傷風が悪化して、やっぱりあの先生が吹き飛ばされたんです」

「あれは何だ。不思議な術だな」俺は礫がさっきやってみせたように掌を突き出す真似をした。

「ああ、あれは」礫は苦笑するとポケットから昆虫を取り出した。「蟬《せみ》です。サクは昔から蟬が嫌いなんです」礫の掌には昆虫の死骸があった。

「そういえば犬を捕まえに行った山には蟬の声がしなかったな」

「あそこは産廃不法投棄の山ですからね……」

俺は両手を腹の辺《あた》りに置くと口を閉じた。礫が次に話題を持ち出すのを待った。

「まだ見つからないんです」俺の視線に気づいた礫は俯《うつむ》いた。「心当たりを回ったんですが……」

「時間が経っているからな」

「そうなんです」

「でも、間違いかもしれない」俺は礫の反応を窺《うかが》った。「おまえのアプローチそのものが根本から間違っているかもしれない」

「どういうことですか?」

「おまえはおふくろさんが儀式に使ったと言っていたな。異論があるが、まあそれは良い。とにかくおまえは彼女がアレを儀式に使ったという。そうだな」

礫は頷いた。

「〈栄光の手〉を知ってるな。死刑囚の腕だ」俺は礫の反応を知りたがったが、奴は丁度、影になっている部分から出てこなかった。「死体を魔術の材料に使う巫術《ネクロマンシー》の一種だが、未だに信じているカルトはいる。奴らは引き取り手のない死刑囚の身体を看守から丸ごと数百万で買い取り、脳味噌はおろか爪先から陰毛まで様々な媚薬や呪詛《じゅそ》の道具として使う」

「でも栄光の手が必要な人なんて泥棒以外にいませんよ」

「そうだ、あれは火を灯している間だけ家人を眠らせると信じられている。泥棒にはお誂《あつら》え向きだ。しかし、盗むのは何も物ばかりじゃない。人間、それも子供や赤ん坊を盗み出したい奴もいる」

「母が巫術《ふじゅつ》に使うとしたら……」

「大切に保存し、保管しているだろう」

礫は大きく息を吸った。吐息《といき》はいつまでたっても聞こえてこなかった。

「もう少し時間が必要です。大丈夫ですか」

「俺はまだこの通りなんでね」

俺が微笑むと礫は影の中を伝って病室を出て行った。

11

昨日のひと暴れが災いしたのか朔太郎《さくたろう》はベッドに拘束帯で叉焼巻《チャーシュー》にされていた。

「トゥーブ……身体痒《かゆ》い」朔太郎は時折、手足を動かした。

幸い衝撃で跳ね飛ばされただけの俺は事故の怪我以外に具合の悪いところもなかったのでロッカーの針金ハンガーを細工して伸ばすと朔太郎の包帯の隙間《すきま》に先端を突っ込んでは掻《か》き混ぜてやり、ゲラゲラ笑う奴の姿を見て暇を潰していた。昼前に朔太郎の包帯が交換された。右手と頭部から胸にかけての火傷が酷《ひど》く、小栗鼠が薬液を浸した硬い布のようなもので死んだ皮膚を擦り落とすたびに出血が始まり、数分で薬液を入れたトレーはドス黒く変色した。

「トゥーブ、犬どうなったか？　おまえ見たか？」

朔太郎の顔はかなり様子が変わってしまった。まず顔全体が焼けたうえに耳が縮んでしまいポテトチップスを貼りつけているように見えること。頬に妙な引きつれができたせいで以前の倍ほども膨らんでしまった唇が常に引っぱられ黙っていてもニヒルな笑いを見せるようになったこと。顔から胸にかけてピンクと褐色が混じり合い、使い古しの調色板《パレット》のように身体のあちこちに斑《まだら》があった。

そんな朔太郎を初めて見た美和は唇に手を当てて凝視《ぎょうし》していたが、俺が十二数えるまでに手は唇を離れ、以降、朔太郎の姿を見てもそんな反応をすることはまったくなくなった。

俺は暇に任せて朔太郎に九九でも教えようとしたが、奴は一の位から十の位への繰り上がりが理解できなかったのと五の段以上になるとどうしても七と六と八を本来の数字に掛けることが困難になるので小栗鼠に頼んで備品の電卓を渡した。

朔太郎は俺にかけ算の問題を出させ電卓で答えを弾《はじ》くと「当たった」と大喜びしたが、七桁や八桁のかけ算を自分で作って俺に答えを求めてくるので閉口した。

ある晩、俺は妙な物音で目が覚めた。

朔太郎が泣いていた。

上半身を拘束帯で押さえつけられた奴は窓側から射し込む月明かりの先を見て静かに涙を流していた。月明かりは壁の人体解剖図に当たっていたが、窓枠がその上に十字を作っていた。

俺は声を掛けようとしたが、そこには何か異質な存在を感じた。まるっきり朔太郎らしくない泣き方だった。俺は自分のアンテナに従い寝たふりを続けた。

やがて隣から何やら呟く声が流れてきた。囁《ささや》くようなそれは本来そうあるべき透明感を見事に再現した。白痴の朔太郎から聞こえてくるのは、かつて俺がローマの聖堂で耳にしたある聖歌に酷似《こくじ》していた。

死刑宣告を受けたキリストがゴルゴタへと向かう出発点となった聖なる階段《スカラ・サンタ》を持つラテラノ宮殿でそれは献詠《けんえい》されていた。

“Preces meae non sunt dignae, sed tu bonus fac benigne, ne peremni cremer igne.”《私の祈りは値打ちのあるものではないが汝は優しく好意を示したまえ、私が永遠の炎に焼かれぬように》

あのとき、雨のなかをおして集まった参列者の間に朗々とその清明な歌声は流れていった。

「怒りの日《Dies irae》」、別名「死者のためのミサ」と呼ばれるそれはグレゴリオ聖歌のなかでも特に人気が高く、かのリストやベルリオーズ、ラフマニノフまでもが自由曲のなかに取り入れていた。

白痴の聖歌は数節で終わった。

朔太郎は暫《しばら》く澄んだ目で滂沱《ぼうだ》と落涙《らくるい》していたが目が閉じられ、突然、身離れの悪い鼻汁をかむような音がすると直ちにそれは下品な鼾《いびき》にとって代わった。

被雷して三日ほど経つと俺の身体はピーナッツバターが欠乏してきたことを訴え、朔太郎は股間の苦しみに悶《もだ》えていた。なにしろ手の先まで包帯なので、いろいろとうまく扱えないのだと思う。

「奴にはガス抜きが必要だよ。手伝ってやれよ」

「ここは都会にあるような看護婦しかいない夜の病院とは違うのよ」

「このままだと、あのお医者は、もうひとつ眼鏡がいるだろうな」

　三日後、俺の忠告は実行された。深夜の物音に目を覚ますと新しい眼鏡をしてきた医院長が部屋の隅に既視感《デジャブ》のように弾き飛ばされていた。礫《さざれ》はいなかったが拘束帯のおかげで小栗鼠《こりす》と医者だけで鎮静剤の注入に成功した。

「も、もうたくさんだ」医者は震えながら捻《ねじ》れた輪ゴムのような眼鏡を伸ばして顔に掛け、朔太郎を睨みつけた。

　ゆっくりと催眠術にかかったかのように脱力していく朔太郎は医者の眼鏡の片レンズが落ちるのを見て微笑みながら目を閉じた。

　翌日、俺は朔太郎と共に美和の車に乗っていた。俺はともかく朔太郎はまだ加療が必要なはずだが医者は叩き出すのを躊躇《ちゅうちょ》しなかった。

　戻った俺は、さっそく美和が気を利かせて冷蔵しておいてくれたピーナッツバターを手にポーチへ行くと、ソファーに寝そべって、それを口に放り込んだ。農機具を納めていたようなボロ小屋に錆びついたドラム缶、裏に続く貧乏林と埃《ほこり》っぽい荒れ地という風景は見る者に何の感慨も及ぼさなかったが、ピーナッツバターに集中するには良い環境だった。

美和は朔太郎に寝ているように言いつけて出ていったが、奴はすぐポーチに出てきた。

「トゥーブ、犬獲《と》りしなくちゃな。犬が要る。犬が」

「ああ、それも良いが。包帯が取れてからにしたらどうだ。そんな形《なり》で振り回した日にゃ、本当にミイラ男の逆襲みたいだ」

振り返ると朔太郎は包帯の隙間からペニスをたぐって外に出していた。

「それは奥でやれ。夢見に悪い」俺はスプーンの先で家のなかを差した。

朔太郎はブツブツ何事か呟きながら家の奥へと入っていった。

俺は今夜から再開させねばならない美和のインタビューについて考えることにした。俺は彼女のインタビューに対し疑念を持っていた。自分でもハッキリとした証拠はないのだが、敢《あ》えて指摘するならば彼女の話には五感に訴えるものが少ない。

例えば脱力からくる澪《みお》の排泄反応なんかについての事だ。敢えて語ろうとしないのが彼女の母性によるものなのかプライドによるものなのかは判らないが、どちらにせよ、よけいな仮面《マスク》は脱いでもらわねばならなかった。こちらは小説を買いに来ているのではないのだ。オギーが俺を選んだのも、俺が他の誰よりもそのあたりの真贋《しんがん》を見抜く力を持っていると信じているからだった。

息子の首に喰い込んだ鋸《のこぎり》の振動より、悲鳴をあげた唇に唾液が糸を張ったかどうかのほうがネタとしてはリアルだ。

気がつくと一羽の烏《カラス》がボロ小屋のトタンに止まり、俺を見つめていた。

「サク！　終わったか？」

俺は声をかけた。そろそろピーナッツバターの補充をして貰わなければならなかった。少しハチミツの量が少ないことを指摘しておかなければ。味に文句は無かったが何につけ、バリエーションというものは必要だ。

俺が台所に差し掛かると朔太郎は椅子に座っていた。「サク？　今からそっちに行くから、お宝はしまっとけよ」

声を掛けると朔太郎は口を半開きにしたままスローモーションのように俺のほうに顔を向けた。自分で解いてしまった包帯がズレて首の周りで白い輪《レイ》になっていた。奴は俺を見ると椅子を蹴って立ち上がった。目がみるみるうちに開き、それは俺のよく知っている驚愕《きょうがく》の表情というやつになっていった。俺は背後に誰か居るのかと振り返ってみたが、広がっているのはポーチに通じる階段脇の廊下と相も変わらず地面を灼く陽射しだけだった。

奴は俺に驚いていた。「どうした」

俺が踏み出すと朔太郎は椅子に蹴躓《けつまず》いてひっくり返った。

朔太郎は床に伸びたまま起きようともせずに天井の電灯を眺め、ふいに我に返り、俺に笑いかけた。

「トゥーブ。犬やるか?」

「大丈夫か」

「ちょっと……頭痛い。中身のエッセンスが結晶した。エッセンスエッセンス」

朔太郎は顔に貼った湿布だかガーゼだかを剝《は》がしてしまった。ケロイド状の赤黒い顔は素人が突っついた出来損《できそこ》ないのたこ焼きのようで個人的には好感が持てた。

「なあ、こいつがもうそろそろ無くなりそうなんだ」俺は瓶を持ち上げた。

「舐《な》めすぎ、トゥーブはいつもペチャペチャなめくじみたいだ」朔太郎はそれをひょいと受け取ると流し台に向い、引き戸からピーナッツを入れた麻袋を取り出した。「おまえも剝《む》け。剝きなはれ」

そして俺達はその午後一杯使ってピーナッツを剝いた。朔太郎はピーナッツバターを詰められるだけの瓶を四つ運ぶとテーブルに載せた。

「おまえ、どうかしたのか。あまりヤリ過ぎるな」俺はピーナッツの莢《さや》を手にすると先ず中央のくびれ部分でふたつに割り、それから各々《おのおの》の隙間に指を入れて殻を外した。

　朔太郎はそんな手間をかけず、掌《てのひら》で並べた莢をゴキブリよろしくバチンとはたくとなかから粒を選っていった。剝いた粒を溜めておく容器のなかにちょろちょろ外殻が混じっているのは、そんなやり方のせいだった。

「ほんとはこの渋皮もとったほうがいいんじゃないのかな」

「蟲《むし》、埃《ほこり》、汗、唾、何入っても大丈夫。サクが味見で直す」

「このあいだも、そうしたのか？」朔太郎は身体を揺すって頷《うなず》いた。

「材料の用意だけはふたりでやりたかったな」

　朔太郎はピーナッツを処理しながらも、時折、股間を擦《こす》るようにしていた。既に癖になってしまっているのだろう、股間がひりついたり、敏感になるのは憶えたてにはよくあることだった。

「サク、おまえ、おふくろさんには弄《いじ》くってるの見せるなよ。心臓麻痺起こすぞ」

「トゥーブには良いのか」

「できれば避けたい」

　俺はひとつの殻のなかに黒い芋虫が詰まっているのを見つけた。そいつは殻に小さな穴を開けて侵入すると実を齧《かじ》ってしまっていた。俺はいきなり外光に当てられ、あたふたしているそいつを殻ごと床に置くと松葉杖の石突きで潰した。

顔を上げるとまた朔太郎がラリッていた。口がバックリ開き、端から涎《よだれ》が切れの悪い油のように垂れ、テーブルに円を作っていた。まるで火星と交信しているみたいだった。

「サク」俺は朔太郎の腕をそっと揺すった。

「トゥーブ、犬やるか？」

朔太郎は再び地球に戻り、笑った。

「それはもうさっき答えたろ。しまったな、おまえ雷で脳が焼けちまってるみたいだぞ」

「犬要るぞ。犬、ブンブン！ ブン！」

朔太郎は腕を振り回し、粒の詰まった容器を払い落とし、盛大な音を立たせた。粒は肌色の蜘蛛のように台所のあちこちに逃げていった。

「ちょっと休憩だ。休憩しよう」

俺が万歳の恰好《かっこう》をすると朔太郎は嬉しそうに俺の掌を叩き、「ちょっとしてくる」と二階に上がって行った。

朔太郎を見送り、テーブルに視線を戻すと奴が使っていた料理本の下にメモがあった。引っぱり出すとそれには〝C・M・B〟とあり、Mは丸で囲ってあり、Bには二重罫線。その下に〝Balthazar《バルタザール》?〟と殴り書きしてあった。俺はメモをポケットにしまった。

12

「あんた達の世界には片づけるって言葉がないのよ」

美和はカセットを前にして夕飯時、朔太郎《さくたろう》へ投げつけたお小言を繰り返した。結局、朔太郎は部屋に籠《こ》もったきり夕飯を支度しなかった。おかげで俺達はシリアルとベーコン・エッグにキゥイとアボガドで済ませたのだ。俺は目の前の皿に緑の果肉が差し出されたとき、刻まれて舌を出しているアボガドの顔《あいつ》を思い出し、声を出して笑った。

「俺には関係ない。そんなことでこの場の主導権《イニシアチブ》は取れないぞ」

「あなたは話し辛《づら》いわ。黙って終《しま》いまで聞いてくれないから……」

「俺はあんたのトラウマを買いに来たんでね。癒《いや》したり治したりする気はさらさらないんだ」

美和は一瞬、顔を上げて睨《にら》んだが、俺の顔に何の表情も浮かんでいないのを見て溜息をついた。

「話し辛い理由は判ってるの。あなたがあたしを軽蔑《けいべつ》してるからだわ。それを感じるのよ。

ねぇ、それって話を聞き出す人間としては間違ってるんじゃない?」

「カウンセラーじゃないんでね。何でも御自由にお話し下さいってわけにはいかないんだ。依頼人《クライアント》はコレクションの加工はできるだけ避けたいと望んでいる。俺の音声をカットするぐらいは編集するだろうが、あんたのプライドやら賢母ぶりを塗りたくった御託《ごたく》をありがたく拝聴する気はないだろうな」

「罪は償《つぐな》ったのよ」美和の声が低くなった。「他人にごちゃごちゃ批判されたくないわ」

「首を持っている」俺の言葉に美和は感電したように振り返った。「なぜ持ってる? もういい加減干涸《ひか》らびてしまっているだろう。それでも澪《みお》のようすがが忍べるのか。今更、乳を飲ませるわけにもいくまい。それとも自分の昔の手際を咀嚼《そしゃく》しているのか」

「ないわよ」美和は震えていた。月光で反射した綿菓子のような鬢《びん》が含羞草《おじぎそう》のスピードでゆっくりと持ち上がっていくのが判った。

「……ハイエナ」

「そうだ。そして君は我が子を殺《あや》めたライオンだ。子はどっちを恨《うら》むかな……。なぜ首が必要だったんだ美和。何に使った。悪魔《ルシファー》でも呼び出したのか?」

「そんなことが聞きたいの」

「とても」

俺の言葉に考え込んでいた美和はいきなり立ち上がった。

「ねえ、気がついてる? あなたの要求は度が過ぎているわよ。馬鹿げてるわ」美和はドアを叩きつけると出ていった。


屋内がガタつき始めたのはそれから暫《しばら》くしてからのことだった。

俺が廊下に顔を出すと美和が礫《さざれ》と共に階段を下りていくのが見えた。

「サクが消えました。いなくなったんです」美和に手を引かれながら礫は俺を見上げて言った。「心当たりを回ってきます」

俺は軽く片手を上げると部屋に戻った。床に美和のヘアピンが落ちていた。

そろそろオギーが連絡を欲しがっているのは確かだった。問題は確たる収穫が認められないことだった。俺はここに来る前の仕事でミスをやらかしていた。

その父親はボロいクラウンに乗っていたのだが、ある雨の朝、どうした加減かギアをバックに入れたままブレーキとアクセルを踏み間違え、車の後ろで乗せて貰《もら》うのを待っていた七歳になる娘を、錆《さび》の浮いた年代物のバンパーでマンションの壁に塗り込めてしまった。

俺は娘が苦いシロップのように吐き出した血の付着したトランクのドアパネル、いわゆる蓋を裁判が結審し、警察が放り出すのを待って車ごと解体屋から引き取り、その後、刑期を終えた親父のインタビューを収録した。金はかかったが加害者側からのコレクションとしては目を引くものになるはずだった。オギーは博物館の片隅に小さな暗室を作り、そのなかで少女が悶絶《もんぜつ》しながら描いたであろう血液画がルミノール反応で蛍《ほたる》のように発光するのをとても楽しみにしていた。

結果としてインタビューは凡庸《ぼんよう》で旨味の乏《とぼ》しいものだった。

実際、父親は運転席にいたため少女がどのように潰されたか目撃していず、さらに事故直後、動転した父親は車を壁から引き離さず、自宅に駆け戻ると救急要請をするという愚を犯していた。結局、娘はたったひとりで絶命したのである。採録された中身のほとんどが父親の〝死にたい……殺して欲しい……〟という陳腐な台詞と鼻汁を啜《すす》り、咳き込むもので埋まってしまっていた。

「五流の人間もいいところだ。こんな者の下で育つよりは良い結末だったかもしれんな」

オギーは不機嫌になったが、それでもトランクには至極ご満悦だった。

だが、ある日のこと下手《へた》な雑巾掛けのように血が弧を描く血液画を眺めていたオギーはあるものを発見した。ルミノール処理用に過酸化水素を施した技師も見逃していたことだが、丸い窪《くぼ》みが点々と蛍光しているモスグリーンのなかに散っていた。さらに調べると何カ所か明らかに鈎爪《かぎづめ》が見られたのであった。調べてみると解体屋は本来のトランクが時間経過と保存の悪さから期待されたような効果を出さず、我々が買い渋るのではないかと恐れ、わざわざ自分で動物を轢《ひ》き殺し、血を上塗りしていた。

当然、確認のためにオギーは血の凝固サンプルから人間か否かの抗原抗体反応をさせていたが、解体屋が使った動物が猿であったため検査の網から漏れてしまった。

この検査では、猿は人間と同じ反応を起こすのだ。

喉《のど》への栄養チューブが泡《あぶく》で詰まるほど苛《いら》立ったオギーが、俺に挽回を迫って次に挙げた目標が美和だった。何の手土産もなしで戻ることは避けたかった。

そこまで考えたとき、この階のどこかで微かに木が軋《きし》んだ。

ひとつ……ふたつ……みっつ、また軋んだ。俺は廊下に出ると音に見当をつけ移動した。するとある場所の壁に引っ掻き傷があり、その天井部にハッチがついていた。俺が松葉杖でハッチのボタンを押すと伸縮式の梯子《はしご》がバッタの脚部のようにゆっくり手前に降りてきた。見上げると屋根裏部屋になっているのか薄暗いなかに垂木が並んでいた。

俺は音を立てないように梯子の踏み板を上がった。空間に顔を差し入れるとそこは建て屋の半分ほどの広さになっていた。正面に通気を兼ねた明かり取りの窓があり、そこで黒々とした人影が手にした物を覗き込んでいた。

「サク。何してる?」

俺は屋根裏部屋に上がると声をかけた。

朔太郎は声に反応し、大きく揺れたが、昼間のように怯《おび》えた空気は伝わってこなかった。

「お前がいないって、おふくろさんが礫を連れて出かけちまったぞ」

朔太郎は闇のなかで動かなかった。ただ静かに下ろした拳だけが開いたり、閉じたりしていた。

俺が近づくとケロイドの朔太郎は佇《たたず》まいを改め、制するように掌を突き出した。

「誠に申し訳ないが……君は誰だ……」

声は朔太郎だった。

俺は咄嗟《とっさ》に目を細め、光の加減で相手がよく似た他人だったのかと確かめた。しかし、そこにいるのは紛《まぎ》れもない朔太郎本人だった。

「芝居の練習か？　そんな台詞《せりふ》、誰に教わった」

「教わったのは随分、昔になる。が、二歳程度で完了していただろう」

俺は腹話術の人形を相手にしているような気分だった。

「サク、お前の後ろに誰かいるのか？」

「誰もいない。君と私だけだ」朔太郎は周囲を見回した。

「驚いたな。じゃあ、それは本当にお前が話しているのか。お前の口でお前自身が？」

「君同様に」

俺は座る場所を探し、梱包《こんぽう》されたまま置いてある手近の箱の上に腰を下ろした。そうしたい気分だった。

「驚いたな。今まで騙《だま》してたのか。たいしたものだ」

「妥当な表現ではないな。私は君を知らない。故《ゆえ》に騙すという共通体験は存在し得ない」

俺は口笛を吹いた。

「まさか双子の兄貴だとか言いたいんじゃあるまい」

俺の問いに朔太郎は微笑むと短く頭《かぶり》を振った。癪《しゃく》に触るがそれは優雅な動きに見えた。

「状況把握に無駄な時間をかけるのはよそう。君の質問に私が答え、君が私の質問に答える。互いに余計な話は挟まない。揶揄《やゆ》や暗喩もなし、夾雑物《きょうざつぶつ》を排した直接的な解答だけでこの時間は進めたい。時計はあるかね」

朔太郎は人差し指を長く宙に向かってたてた。

俺は片手を上げた。奴の目が確かならば極薄の時計が目にはいるはずだ。妙なことに何かするたびに溜息が出た。

「ほう、グラン・コンプリカシオンか。君は自分の世界を持っているな」朔太郎は目を輝かせた。

「当てた奴は初めてだ。ピゲが感涙《かんるい》にむせぶだろう」俺の言葉を朔太郎は手を挙げて制した。

「十五分計って貰いたい。それでどこまで把握可能か目安になる……始めよう」

「何を聞いても良いんだな」朔太郎も手近の箱に座ると頷いた。「おまえは誰だ」

「名は鬼交《きかだ》朔太郎。但し、父上は別名で呼んだ。いわゆる父祖から続く雅号《がごう》のようなものだが」朔太郎の声に迷いはなかった。

「それは何だ」

「メルキオール。星に導かれ東方よりメシア誕生をその母マリアに告げし三博士《マギ》の一人」

「新手の仏壇屋みたいだな」

「私の番だ。君は誰だ。私の家族はどうしている?」

「俺は12《トウエルブ》。まあ、あんたのおふくろさんの友人でもあり、取引先の人間だ。また朔太郎というデカい赤ん坊の乳母《うば》役も仰せつかっている。礫は普段は地下室に籠《こ》もって勉強しているそうだ。昼間はおふくろさんは出かけている。ところであんた、犬は好きかい?」

「別に。それで父上と澪はどうした?」

俺は朔太郎の目を覗き込んでみた。妙なことに学級委員のようにそれは叡知《えいち》で光っていた。

「これは俺が言い辛《づら》がる筋合いのもんじゃないかもしれんが」

一瞬、朔太郎の顔に憤怒《ふんぬ》の形相が浮かび、消えた。

「ふたりとも死んだ。いっぺんじゃなく、別々に」

大きく息を吸い込む音がすると朔太郎は立ち上がった。

「ほんとうか」

「冗談のネタにしちゃ、寒すぎるだろう」俺は不意のとばっちり用に松葉杖を手にした。

「父上は自殺だ」朔太郎は明かり取りの窓を睨みつけたまま震えていた。

「正解」

「澪は？」

俺は二階へ通じる梯子を振り返った。立ち上がりダッシュしたとしてあそこまで辿り着けるだろうか。いや、逆上した朔太郎が俺を糸屑にしてしまうほうが先だろう。いざとなれば俺は朔太郎の両目に親指を入れて脳を破壊して場を逃れるしかなかった。それを瞬時にシミュレートすると躊躇《とまど》いとは別の面倒臭さが全身を襲った。

「あんたのおふくろさんに聞きなよ」

「なぜだ」

「澪の身体をこっそり山に埋めたのは彼女だ」

その言葉に朔太郎は全身を倍に膨らませ振り返った。

「おふくろさんはそのせいで刑務所に行ったんだ。安心しな。既に罪は償ってる」

耳を聾《ろう》する咆哮《ほうこう》が屋根裏部屋を席巻《せっけん》した。空気が痙攣《けいれん》し、両の鼓膜が感電したかのようにブルブルと震えた。朔太郎は手近の箱を掴み上げると窓に向かって投げつけた。子牛ほどのそれは砲弾のように硝子を突き破ると虚空に消えていき、下で何物かと衝突すると続いてクラクションが鳴り響いた。

俺は諸々の興奮が成り行きに任せ納まるのを待った。

階下から美和の怒声が聞こえてきた。

朔太郎は肩を震わせていたが、突然、カクッと脱力すると膝から崩れ落ちた。

「サク」

俺が声をかけると朔太郎は歯を剝《む》きだして笑った。本人は理解しているか謎だが、まるっきり寝起きのような顔だった。

「トゥーブ、ここならママにめっかんない。シーだよシー」朔太郎は唇に指を当てた。

結局、俺は美和に真相を話さなかった。美和は言葉少なにボンネットの上に突然、降ってきた木箱について抗議した。

「俺じゃない。俺が投げられるはず無いだろう」

「変なことをそのかすのはやめて」

美和はそう呟《つぶや》くと自室に籠もってしまった。白髪のチビは顔も見せなかった。

皆が部屋に戻ったのを見計らって、朔太郎の部屋を訪ねようとしたがドアの前に立つと、水っぱなを啜《すす》るような鼾《いびき》が響いていたので諦めた。

13

明け方、庭で美和が朔太郎《さくたろう》に凹《へこ》んだボンネットを叩かせる音で目が覚めた。

俺は昨日の出来事を美和に話すべきか迷っていた。朔太郎はオーケストラのシンバル並みに盛大にボンネットをハンマーを使い反対側から殴《なぐ》りつけていた。

「なあ、昨日のもう一度やってみてくれないか?」俺は美和の横を抜けると朔太郎に近づいた。

「なあに」朔太郎は鉄板を殴りつけた。「どういうアレだ?」

俺はポーチに座ってラテを飲みながら睨《にら》んでいる美和に気づかれないよう何度か囁《ささや》いた

のだが、朔太郎は大声で「なんだ」「なにの」と繰り返すばかりだった。

「くそ。じゃあ後でピーナッツバターをまたたっぷり頼むぜ」

俺は朔太郎の肩を叩き大袈裟《おおげさ》にそう言うと美和の横に腰を下ろした。

「毎日毎日、あんた家をほっぽりだしてどこに行ってるんだ」

「あなたに関係ある？」美和は顔をしかめた。

「別に言いたくなければ良いさ。今のは挨拶みたいなもんだ。〝お嬢さんこちらの席は空いていますか？〟そんなもんだ。気にするな」俺はソファーに移動しようと松葉杖に手を伸ばした。

「からんでるつもりなら意味無いわよ」美和は松葉杖を俺より先に取り上げた。「この先の村の老人達の家を回って雑用をさせて貰っているのよ。買い物したり、掃除をしたり……そんなこと。お駄賃《だちん》程度でもウチには大切なの」

「独居老人という奴だな。過疎化の悲劇だ」

「無知ね。過疎じゃないわ。激疎《げきそ》っていうのよ」

「不幸の比較級ってわけだな」

美和が溜息をつくと同時に朔太郎が板金の終了を宣言した。

「おあった！」

「そこまで無感情だと逆にあなたに興味が湧くわね。どうすればそんな風になれるの」

「秘訣らしきものはあるが……企業秘密としておこう」

美和は松葉杖を放り出すとジーンズの尻を叩いて埃《ほこり》を払い、車に向かった。脚が交互に動く様《さま》が美しかった。美和は車に乗り込む前に朔太郎の頬にキスをしていった。

朔太郎は車が私道の端に消えるまで手を振ったり、跳ねたりしていた。

俺は朔太郎の脇に立つと一緒に美和の車を見送った。美和は独居老人の雑用と言っていたが、荷台に載せた油まみれの木箱のなかにはレンチ、簡易測量計、ワイヤーがあった。

老人の何を計ろうというのか。

「12《トウエルブ》、話がある」視線を車の荷台に向けたまま朔太郎が呟いた。「ふたりだけで……。真剣な話だ」朔太郎の顔から稚気《ちき》が消えていた。

「なんだ、今までの芝居だったのか?」

「芝居ではない。途中で覚醒した」

「おまえがそれをやる度に俺は混乱する。まず、それを説明して貰おう。何の真似だ」

朔太郎は大きな目で俺を睨みつけた。

「説明しよう」

俺達は黙って歩き続け、やがて大きな池の畔《ほとり》に着いた。

「私は白痴だ……そうだな？」

朔太郎は樹影を映す水面に目を向けた。

「そんな聞かれ方をすると〝そうです〟とも言い難《がた》いものがあるが……確かにそんな感じだ。最初に出会ったとき、あんたは炎天下、帽子も被らず散歩だと称して犬をブン回していたからな」

朔太郎は溜息をついた。

「私はなぜそんなことをしていたんだ」

「それが散歩だと思っていたんだよ。それに半殺しの犬に蟲下《むしくだ》しだ！ってインクを飲ませてたぜ」

（恥ずべきこと……）朔太郎は両手で顔を覆い、そう呟いた。

「そう落ち込むな。もっと恥ずかしい人間はたくさんいる。それよりあんたは本当に朔太郎なのか」

「そうでもあり……そうでもなし。私は朔太郎ではあるが、朔太郎ではない」

「禅問答なら永平寺に行きなよ。死ぬほどやらせてくれるぜ」

「君の言う通りだ。話をもっと簡単にしよう。つまり、現在の私は一個の透明なグラスのような存在だと理解して貰いたい。なかに注《そそ》がれる液体によって印象や基本性能自体すら劇的に変化してしまう。肉体は同じでもあの朔太郎と私は違う」

「流行《はやり》の解離性同一性障害。漫画だな。〈俺は多重人格なんだ〉って俺に告白した奴はあんたで三人目だ。個人の意見は尊重したいが、奴らの哀しいところは自分が〈私は幽霊を見た〉って言っているのと代わりがないってところを客観視できないところだな」

「単に再現性の問題ならば君は既に確認できたはずだ。だがその先入観は捨てて貰う。私は多重人格者ではない」

「それじゃ役者か。長年、猿芝居をうっていたわけだ」

「それも違う。今の私は強《し》いて言えば、ある不可逆性への挑戦の結果なのだ」

「なんだか田舎のアインシュタインのようだが、昨日は包帯の脇から横チン出してたんだぜ。あれもその偉大なる挑戦への一歩なのか。大変だな」

「なんだと？　横ナニ？」

「横チンだよ。包帯の脇からペニスを出して〈トゥーブ、ここでして良いかナァ〉」

俺は朔太郎の口真似をした。

「馬鹿げたことを。貴様」朔太郎は笑おうとしたが顔は大きく引きつっていた。

「本当さ。〈ウ～ウ～。ここでしても良いかなァ～ウ～ウ～〉」

突然、俺の松葉杖が砕けた。朔太郎が側の樹に叩きつけたのだ。

「私はメルキオールだ。朔太郎などと関係はない！」朔太郎は怒りに燃えていた。

「残念だがあんたの論理《ロジック》には破綻《はたん》があるぜ」俺は立ち上がった。ギプスごと歩いても脚に痛みはなかった。「少しはあんたに興味を持ったが、どうも俺達は仲間にはなれそうもないな。何のためにやってるのか知らんが頑張ってくれ。俺は俺の仕事をして帰るだけだ。それじゃあ」

俺は来た道をひょっこりひょっこりと戻り始めた。

「どちらかというと俺は白痴役のほうが好きだったよ」

「私には助けが要《い》る」

「おふくろさんがいるじゃないか。妙な薬か芝居を辞めて素直に相談してみたらどうだ？」

「弟を……礫《さざれ》を殺さなければいけない」

俺は振り返った。

朔太郎は水面を睨みつけていた。

「冗談なら面白くないぜ……使い古しもいいとこだ」

俺は松葉杖の破片の残る草むらに戻った。

「昨日は最長四十七分。散発的には五回の覚醒。今日は既に一時間を過ぎている」朔太郎は美和の寝室からくすねたらしい女性物の時計を手にしていた。

「時間がない」

「忙しそうだな」

「一度で済むよう君に合わせ説明する。鬼交《きかだ》家の男子にはある確率で〝天才〟と呼ばれるに足《た》る異能者が誕生する。そしてそのような特徴が安定的に顕在化した者に対し父祖はメルキオール・バルタザール・カスパールの名を称号の代わりとして与えてきたのだ。以前は彼らを象徴する黄金・没薬《もつやく》・乳香《にゆうこう》を模した宝器を与えていた時代もあった……」

「あんたはメルキオール……というわけだな」

朔太郎は頷《うなず》いた。

「如何《いか》にも。父上は私にそう告げ。鬼交の歴史と禁忌《きんき》を説かれた」

「水を差す気はないんだが……どうもそう見えないな。それほど天才だらけの家系なら、競馬場みたいな庭にポルシェやらベンツがレゴブロックみたいにあちこちに転がってないといけないいんじゃないか？　あんたのおふくろさんは真夏にボケ老人のオムツ交換をしているんだぜ」

「君は世間同様、天才の本質を誤解している。天才とは絶えゆく血統であり、存続を旨《むね》とする社会とは衝突こそすれ、本人が受け容れられ、なおかつ資本を獲得するなどということは本来あり得ない事なのだ」

「ソフトのないパソコンのような話だな。で、そんな天才様がどうして犬を振り回したりしていたんだ」

朔太郎は咳《せ》き込み、時計を確認した。

「……やはり、時間が足りん」

「なぜ、礫を殺さなけりゃならない。おふくろさんが臭い飯を喰ってる間、あんた達は仲良く施設で暮らしていたんだ。その間、あんたの面倒を見ていたのは奴だぜ」

「ピーナッツバター」朔太郎は呟いた。「君が取り憑《つ》かれている物。冷蔵庫の六パイント瓶」

「まあ好物なんでね」

「ラベルによるとあの瓶にはもともとオレンジジュースが詰めてあった。製造年月日は十二日前。ピーナッツバターの残滓《ざんし》は内容物が摺切《すりき》り一杯詰められていたことを示している。今は全体の二十パーセント程度」

「料理人《シェフ》の腕が良かったんだ。味は保証付き。あんたも試すと良い」

「君は入院期間を除くとほぼ毎日四百八十グラム強を消費している。これは市販サイズの二乃至《ないし》三個を平らげる計算になる」

「おいおい。あの家は俺しかいないわけじゃないぜ」

「そうだ。母上達が使用する物は別の冷蔵庫に納めてあった。君のは手作りのため防腐処置がされていない。冷蔵庫にしまう必要があった。つまり、あれは君以外誰も手をつけない。君は異邦人だ。母はそのような者が執着している対象に敢《あ》えて手を出す人ではない」

　俺は朔太郎の言葉が釣り針のように俺から何かを引っぱり出そうとしているのを感じた。

「別に俺は自分がピーナッツバターが好きだというのを隠しているわけじゃない。世の中にはもっと変わったものが好きな奴がいるさ」

「然《しか》り。フランスのグルマンは処女の胎内で肥らせた寄生虫のソテーを好んだというし、アンティーユ諸島の奴隷達はチョコレートの味がするという土を好んで食べた。土の食べ過ぎによる労働力低下を憂《うれ》いたプランテーションの主達はついに彼らの口に〝錠〟を塡《は》め込み、食事の際にのみ解錠するようにしたという。そう。彼らから比べれば君は驚くに当たらない」朔太郎は微笑んだ。「君は自分で考えているほど自己の秘密を封印できてはおらん」

「難しい講釈は苦手だが要するにあんたは俺ほど喰う奴は珍しいと言いたいのか」

「誤解するな。あれは君が食べているわけではない。ピーナッツバターを必要としているのは君の頭蓋に座す〝濡れたコンピューター〟のほうだ。君はそれに引きずられている単なる人形に過ぎない。だが非常に興味深くもある」朔太郎は俺を真正面から見つめた。「君の人生がこれまでそうだったように……君はそれに従属、いや隷属《れいぞく》しているだけだ。君は脳の命ずる暗い欲求を制御できるか。心で理解していても君の脳は抵抗を許すまい」

俺は無意識に手が震えていないか、拳を作って確認した。

朔太郎は素早くそれを視野に納めると微笑んだ。

「糖が不足した兆候《サイン》は手の震えだけではないだろう。喉の渇き。異常発汗。激しい偏頭痛《へんずつう》。さらには蟲《むし》が全身を這い回る痛痒感《つうようかん》。しかし、君を単なる低血糖症と結びつけているわけではない。ある犯罪母集団では血糖が70mgパーセントを満たしているにも拘《かか》わらず暴力衝動を抑えきれない変数も存在する」

「甘い物好きと犯罪は関係ないぜ」

「ジョセフ・コンラッドを読み給え。彼は〝いまや我々は角砂糖のせいで殺し合う文明人になっている〟と告げている。ジュースと呼ばれる無果汁のリン酸ソーダを常用する子供は衝動制御能力に欠け、多動症を引き起こす。また亜鉛とビタミンB6の不足は暴力衝動を。凶悪犯罪者の毛髪による微量元素分析からは彼らの多くが明らかに必須ミネラル不足と重金属過多を示している。このなかには白昼、マクドナルドに突入し、十五分で二十四人を射殺した元溶接工も含まれている。アメリカCDCの暴力疫学部門は累犯《るいはん》と凶悪犯には明らかに糖分依存の兆候が見られると分析している。これらは全てジャンク・フード依存によるものなのだ。実際、全米の刑務所で最も消費されているのはコカコーラとピーナッツバターなのだ。12《トウエルブ》、食餌《しょくじ》行為は脳を映す鏡だ。君の年齢であのような過糖主義は珍しい。いったい、いつから始めたのだ」

「昔からさ……ずっと昔、記憶の芽生えた頃から」

「注目すべきは君の身体が若干、痩せていることを除けばまったく健康体に見えるということだ。他の人間ではそうはいかん。体重異常、肝肥大、腎臓障害などが浮腫《むくみ》や脱毛、皮膚の変色と共に表れる。だが、君にはそれがない。君がジャンク・フードに浸るのは単なる嗜好《しこう》の結果ではなく必要の為《な》せる業《わざ》だろう。君はそういう具合に造られていると言っても良い。しかし、それはなぜだ」

「自称天才ってのは随分、独善的なんだな」

「脳は身体のどこよりも糖を必要とし、また消費する。君は脳に糖を与えることで、脳を一時的に満足させ、本来の衝動を抑え込もうとしているのではないか」朔太郎は俺の目を覗き込んだ。「12《トウエルブ》、あの食事は脳へのカムフラージュだな。一体、どんな衝動を抑え込んでいる。脳は本来、君に何を要求している」

俺は自分でも無表情になっているのが判った。こんな顔になるのは久しぶりだ。まるで顔面の筋肉が勝手に頭蓋骨にへばりついているかのように感じる。これはこれで気持ちが良いものだ。顔の筋肉を気にしないということは何より自由になれた気がする。

「ほう、随分、変わるな。それが君の本当の顔か、12《トウエルブ》。今まで何人がその顔を見た。彼らは今、どうしている」

「おまえで13《サーティーン》。奴らは皆、永遠を獲得し、好きにやってるさ」俺は松葉杖の破片に目をやった。「また名前が変わるかな」

朔太郎が間合いを取ると上腕の付け根で筋肉が軋《きし》んだ。「いや、残念ながら13《サーティーン》は欠番だ。君が秘密の漏洩《ろうえい》を防ぐつもりなら14《フォーティーン》を名乗らねばなるまい」

「どういうことだ」

朔太郎は軽く胴震いを起こすと膝をついた。「しまった。来たぞ」朔太郎は俺の腕を摑《つか》むと引き寄せた。「私はベッドポストにノートを隠した。昨日の覚醒時に記した物だ。あれを読むのだ……」

話しながらも朔太郎の声には本来の声に妙な呻き声と甲高い雑音が混じり、たちまち聞き取りにくくなっていった。朔太郎は横たわると白目を剝《む》き、癲癇《てんかん》発作のように身体を震わせ始めた。

「……例外は……ない。何百年間……例外はなかった……早生の天才は……白痴……」昨夜に比べ朔太郎は内部から沸き起こる何かと闘っているように見えた。

「12《トウエルブ》……私を援護しろ……バルタザール……注意……」まるで俺は人間型ラジオのチューニング合わせに立ち会っているようだった。

「あぁ……トゥーブ」

突然、震えが止まると朔太郎が笑った。

「おはよう……」

「おはよう。気分はどうだ」

朔太郎はむっくりと身を起こした。

「ちょっと頭がグルグルする。グルグルするよ、トゥーブ。グルグル」

「俺もだよ」

14

朔太《さくた》郎《ろう》……いや、メルキオールの言葉通り、錆びたベッドポストの一カ所を回すと先端が抜け、狭いパイプのなかから一冊のノートが見つかった。俺はそれをポーチに寝っ転がると拡げた。

〈１２《トウエルブ》へ、今は午前三時を少し回ったところだ。君がこれを見ているとき、自分がどのような状態にあるか予測はつかん。現在、私は大いなる恐怖を感じている。まるで時折、外される目隠しをあてにして手探りで断崖を登っているような気分だ。かつて、私は多くの物事を吸収し理解し、予測することで自分の力を絶大なものだと信じていた。しかし、今や自分が目の前のカップひとつ手にすることができるか否かを心配せざるを得ない事態になってしまった。私にとって唯一の確信は君だ、１２《トウエルブ》。君がこれを開き、読んだという事実のみが私の希望だ〉

字に多少の乱れはあったにせよ、〝字は知なり〟を証明する達筆だった。

〈私は君がどのような人間なのか、どのような経緯を持って我が家と接触を持ったのか、また何を目的としているのかを母上の身の安全と権利を守る限りに於《お》いては一切を問わない。不幸なことに君がそれを堅守《けんしゅ》できない立場にあるなら即刻立ち去って貰いたい。これは私にとっても絶望的宣告となるが、味方の振りをして都合良く君を利用する気はない。母上を侵害するつもりならば、私は君を殺害するだろう。立ち去って貰いたい〉

「トゥーブ、それなあに……」背後に立っていた朔太郎が覗き込んだ。

「エライ人からの手紙だよ」

ふ～んと言いながら傍《かたわ》らに座った朔太郎は治りかけの皮が痒《かゆ》いのか頭と顔を頻《しき》りに掻《か》きむしっていた。微風に乗って皮膚の破片が蒲公英《タンポポ》の種のように舞った。「頭……カユイ……」朔太郎は偶然、長く剝けた頭皮を口に入れると噛んだ。

〈メルキオール・バルタザール・カスパールと称せられた鬼交《きかだ》家の男子は第二次性徴期を境に例外なくその天才的使命を終える。私がそうであったように予告もなく突然、叡知《えいち》の寿命は尽き果て、後には文字通りの〝ぬけ殻〟が残されるのみだ。私の父は常人であった。伯父はカスパールを継いだと聞く。鬼交では天才性の見られなかった男子を顕在化した兄弟に対する箱船《アルシュ》と呼び、生涯を通じて白痴後の身の回りの世話をするのが規則となっていた。父上は私に伯父が白痴化したときの様子を幾度となく繰り返し話された。であるから、私も自分がどのようであったか推測することができる。父はふたつの禁忌《きんき》を厳守するよう

告げられた。そのひとつは……〉

　そこで字は突然、大きく乱れ始め、途切れていた。

　俺は身体に何かがぶつかるのを感じ、顔を上げると朔太郎が背中を向けながら小刻みに揺れていた。

「サク、奥でやれ」

　俺がノートの端で頭を叩くと朔太郎は恨《うら》めしげな顔をしながら、立ち上がり奥に入っていった。

　ボロ小屋の赤茶けたトタン屋根を眺めていると、その下に影のように立ってこちらを見つめている者が居た。

「いつからそこにいる……礫《さざれ》」

　俺の声に礫はフラリと日なたに姿を現した。

「さっきからいますよ。何をしていたんです、12《トウエルブ》さん」

「小説でも書こうかと思ってね」俺はメルキオールのノートを丸め、掌でパンパンと叩いた。

「読ませて貰っても構いませんか」

「悪いがエロ小説なんで十八歳未満禁止だ。妙に色気づいて朔太郎の二の舞は御免だろ」

「それは残念です」

礫は笑わなかった。庭の真ん中に小柄な影法師が涼しい顔で存在していた。

「何か進展はあったのか」

「散歩でもしませんか」

「今日はもう朝からサクに付き合ったんだよ」

「良い物を見せますよ」礫は笑った。


「おまえも無茶だな。おふくろさんは車で行ったんだぞ」

「それは道がないからです。林を登れば直線ですから大した距離ではありませんよ」

礫は美和の秘密を教えると言っていた。俺はギプスをバコバコ言わせながら礫に手を引いて貰い山を登った。道は人家からどんどん離れ、奥へと入っていった。

「おい、ほんとにこんな所にじいさんばあさんが固まって暮らしてンのか」

「どういうことです」

「おふくろさんは独居老人の雑用をしているんだろう」

礫は答えの代わりに微笑むのみだった。

小一時間ほどするとエンジン音が響いてきた。

「もう少しですよ」礫は手を引いた。

「あれは何だ」

礫が足を止めたのはなだらかな稜線《りょうせん》の少し手前だった。三百メートルほど離れて斜面に這《は》いつくばった俺達の目の前には樹と小型の火の見櫓《やぐら》のような鉄塔。その根元には見覚えのある美和のピックアップトラックが停まっていた。

「あれは何だ」

俺が問うと同時に美和が鉄塔の脇の小屋から現れ、そばで大きな音を立てている発電器らしいものに近寄っていった。

「試錘塔《しすいとう》。つまりボーリング用の井戸です。母はあれに賭けているんです」

「おふくろさんは何を掘ってるンだ」

「温泉です」

「ひとりでできるものなのか」

「時間は掛かりましたけど……サクが手伝いましたから。ここの山は地権が滅茶苦茶に入り乱れていて、丁度、あの一帯の持ち主は現在はブラジルに居るんです。母は試掘許可を貰っているんです。成功した暁には地権者と分権するか、丸ごと権利を買い取らせるつもりのようです」

　美和は上半身泥だらけになりながら巨大なレンチを操って、掘削機の調整をしていた。

「こんなことして、無駄骨だったらどうするつもりだ」

「大丈夫です。出ますから」礫は言い切った。

「こんなこといつからやってるんだ」

「本格的に運転を始めたのは先々週からです」

「あんなもの個人で買えるのか」

「あれはある村の放出品なんです。少し前に〝ふるさと創生〟ってお金のバラ撒《ま》きをやったでしょう。あのとき、あるボーリング会社が一億円足らずで始めから終わりまでオペレートできる温泉掘削機を発売したんです。なんの観光資源も持たない自治体はこぞって買い漁《あさ》り、今では倉庫の肥やしになってるんです。もともと他人の金での買い物ですから二束三文で手放してくれたそうです」

「仮にも自治体が掘りまくって駄目なものがおふくろさんが掘って出るものか。それともこの近くにそれらしき温泉地でもあるのか」

「ありません。本来の湧出《ゆうしゅつ》帯《たい》からは離れていますから。それに温泉法では特定範囲内に営業温泉がある場合の掘削は禁じられているんです。自治体によって禁止範囲は五百メートルから一キロと様々なようですが」

「なおさら見込みはないじゃないか。それにここら一帯が哀しいほど寂《さび》れてるのはさほど都会から離れていないこともあるんだ。引っ込むほど田舎でもなし、厭なら簡単に都会に出られる。そんな場所に温泉が突然、噴き出すかね」

「出ますよ。それも二桁台程度の掘削深度域から」

「どうして判る」

「阪神大震災の前年、神戸市一帯で僅か深度三十メートルから温泉が噴きだした例がいくつも報告されているんです」礫は腰を上げた。「必ず出ます……必ず」

「どんな人間にでも夢があるってのは哀しいもんだな」

「あ、白髪《しらが》」

「痛《つ》ッ」

礫の声と同時に頭に疼痛《とうつう》が走った。

15

「……澪《みお》を抱き上げたとき、こんなに重かったんだって正直、驚いたわ……」

その夜、インタビューの再開を申し出てきたのは美和のほうだった。

「抱っこっていうのは親が子を抱いているだけじゃなくて、子も必死になって親にすがっている事を言うのね。逝《い》ってしまったあの子は無気力で、されるがままで……それがとても哀しかった……」

「ふぁぁ」

欠伸《あくび》。うまく嚙み殺したつもりだったが、美和は部屋の端から俺を睨《にら》みつけていた。

「それはなに？　欠伸？　あなた、いま欠伸をしたの？」

「今日は餓鬼どもにあっちこっち引っぱり回されてしまってな」

「欠伸。こんな状況には欠伸なんてないのよ。判ってるの」美和の頰に涙が伝っていた。

それは美しい光景だった。「人でなし」

「お褒《ほ》めに与《あずか》り光栄だが、なにしろ生理現象なもんでね。あんただって屁もすりゃ糞も垂れるだろう。お互い様だ。そう目くじらを立てるな」

「不愉快な人。勝手に人の家にズカズカ上がり込んで人の傷口こじ開けといて……」美和は立ち上がった。「どうしろっていうの。息子を殺してせいせいした、首を切り刻むのが嬉《うれ》しくて嬉しくて、内臓を引きずり出し、バケツに血を溜めて飲んだら美味《おい》しかったとでも言わせたいの」

「本当だ。そうすれば良かったんだ」

反射的に美和は山猫なみのしなやかさでベッドに近づくと俺の頰を張った。

「真実が知りたいなんてご大層な事を言ってたくせに、あなた単なる変態じゃない」

「異議あり。金を産む変態と言い直せ」

美和は出ていった。

俺は火照《ほて》った頰に触れてみた。奇妙なことに胸が興奮で高鳴ってはいたが、厭《いや》な感じではなかった。よく考えてみるとあれほどの美人に臆面《おくめん》もなく感情を晒《さら》され、感情をぶつけられたのは初めてのことではなかったか。俺は真正面から睨みつける美和の残像を思い描き、床に残していったゴロワーズの箱とライターを拾い上げると一服つけてみた。月光と叫ぶ女、汚れたコルセットをした二週間近く風呂に入らない男。

煙草は好きではなかったが、こんなときにはこれ以外、何をすることがあろうか。

紫煙《しえん》が天井に向かって立ち上っていく。あそこにはいくつかの古い箱がしまってあり、メルキオールはそのなかからひとつのノートを手にしていた。奴は俺から澪の一件を聞くと激昂《げきこう》した。奴は俺に弟殺しを手伝えという。奴は俺の過去を知っている素振りを見せた。天才と白痴が同居する家系。この家で最も明快なのは美和であり、その極にいるのが礫《さざれ》だ。また澪の首を約束している限り、オギーへの忠誠を最も果たす可能性を秘めているのも礫だ。未知数だが、その意味で奴は俺の肝《きも》を摑《つか》んでいる。その極がメルキオール、奴からのメリットは皆無だ。

俺は天井裏に上がってみることにした。

おもちゃ、子供服、食器、愚にもつかない雑誌に古本。片端から開けて回るわけにもいかないので俺が手を付けた場所が悪かったのか、箱は大方ガラクタばかりだった。そんななか一枚の写真が手に触れた。引っぱり出してみるとどこかの公園で撮ったもののようだった。赤ん坊を胸に抱いた美和とその手前に漆黒の髪を手で押さえている幼い礫。その後ろには体格の良い朔太郎《さくたろう》が父と並んで立っていた。父、周《あまね》の首から上は都合良く千切《ちぎ》れていた。

俺は窓に近づくと写真を月光に照らした。礫はどこにでもいる幼稚園か小学校低学年の顔をしていた。胸に〝Big brother Watching〟とプリントされた空色のトレーナーを着ていた。朔太郎は完全にメルキオールとしての彼だった。叡知《えいち》が研《と》ぎ澄まされ、全身から漂っていた。それでも通常、天才と呼ばれる人種にありがちな冷たさよりも、不思議な親しみを感じるのは、奴の表情に浮かぶ穏やかさによるものだろうか。

俺はその写真を箱に戻すと手近にあった小ぶりの箱を開けた。それは他の物と違いビロードの生地に丁寧な刺繡《ししゅう》が施《ほどこ》されていた。なかを開けると汚れたパレットや画材、何枚かの紙が詰まっていた。その奥にビニールに包まれた袋があった。埃にまみれていたがそれは原稿を綴じた分厚い紙の束だった。

硬い紙の表紙の上には【メルキオールの善根】と手書きされていた。

題名に惹《ひ》かれた俺は何となくそれを手にすると自室に戻った。部屋に入るとき、礫のいる地下室から何か悲鳴のようなものが聞こえたが、一度したきりで後は続かなかった。

「庭に出ないか」

原稿を取りだそうとしていると扉の陰からメルキオールの囁《ささや》く声がした。俺はとっさにベッドへ紙の束を隠した。

「先に行っててくれ」

「不思議だ。今日は覚醒頻度《ひんど》が高く、意識底への実感も深い。持続時間も満足のいくものだ」

「このまま治ると良いな」

メルキオールは顎の下を掻《か》くと微笑んだ。「それは無理だ」

「どうして」

「私は自分のこうした帰還の原因をある程度、把握しているつもりだ」

「雷か」

メルキオールは頷《うなず》いた。「神の槍《やり》。百万ボルトの電圧と十万アンペアの電流の饗宴《きょうえん》。五十トンもの水を瞬時に沸騰《ふっとう》させるエネルギーを放つ光。恐怖と混乱の象徴。だが……我には幸いなり」

「梯子《はしご》から落ちて霊感を得る奴もいるしな」

「12《トウエルブ》、私は天才ではあったが、その根本は一般人となんら変わることがない。曰《いわ》くAC/DCの問題なのだ」メルキオールは離れた場所にある影に沈む母屋を振り返った。「脳波や心電図に表れる波形は君も知っての通り、我々の体内に存する生体電気と呼ばれるものの活動指標にすぎん。これらの生体電気は脳を含む膨大《ぼうだい》な神経細胞間、さらに神経細胞から筋細胞、その他の細胞への伝達に必要不可欠なエネルギーなのだ。また脳の活動は主《おも》にこれらのエネルギーによって支えられている」

「シナプスとか何とかだな」

「そうだ脳細胞における隣接細胞への膜電位変化の際、シナプスの後電位や終板電位が使用される。生物電気は動物だけではなくキゥイ等の果実や含羞草《おじぎ》などの植物にも存在する。魚類では最高でも百ミリボルトだが、なかには電函《でんかん》と呼ばれるジェネレーターを直列させ数百ボルトの電撃を発生させる鰻《うなぎ》もいる」メルキオールは俺を振り返るとなぜか懐かしそうに微笑んだ。

「脳に限って言えば一般にはこれら生体電気は衣食住に始まる生活全般に使用されると私は思っている。要は巨大な電気パネルを想像して貰えばよい。そのひとつひとつのスイッチに〝食事をする〟〝眠る〟〝交尾する〟などの生体としての大きな欲求があり、その下位にさらに細分化させた小さなスイッチが無数にあって、それらがさらに細かく分化される。脳はそれら全てのスイッチのON／OFFと電気的エネルギーの分配を管理している。故《ゆえ》に欲求行動を遂行《すいこう》する際の数万を越す認知と決断、並びにそれを実現させる数億の筋肉への信号伝達が可能になるのだ。この限りに於いて生体電気は交流的使用が為《な》されていると言える」

「なるほどと頷くには話が込み入り過ぎてるな」

「君はこういう天才のありようを耳にしたことはないかね。日常生活はまったく不完全であるにも拘《かか》わらず、ある種の芸術的才能や人的能力、専門分野への洞察だけに超人的な能力を発揮する者」

「あのランニング姿に切り紙の人とかか？」

「私はこう思考する。彼らは本来、生活全般に使用すべき生態電気をピンポイントに注ぎ込んでしまったのだと……。その原因が遺伝子を含む器質的なものか否かはおくとして、彼らは生体電気を直流使用しているのだ。そしてこれらの変形パターンとして我が鬼交家《きかだ》が存在する。生活全般をサポートしながらある種の天才を発揮するが、それは生体電気の絶望的消費を招くのだ」

「まさに歩く電気の無駄遣いというやつだな」

「故に私は雷《いかずち》によって補完されたのだ。神は私の復活をお望みになった」

「電パチに幸あれ……か。その伝《でん》だと精神病院は天才の巣になっちまうがな。あそこじゃいまでも手に負えない患者はビリビリされるらしいぜ」

「12《トウエルブ》、君の物言いには、いちいち人を鬱々《うつうつ》とさせるものがあるが、それは何か期待しての事なのか」

「育ちと好奇心の為せる業《わざ》ですかな、猊下《げいか》」

「私には託された使命がある。礫を弟を滅《めっ》せねばならん」

「シェークスピアかデュマが聞いたら感涙するだろうが」

「澪を殺したのは礫、いや、バルタザールなのだ」

顔を上げるとメルキオールも俺を覗き込んでいた。

「ちょっと待て、奴も天才なのか」

「鬼交には元々、ふたつの禁忌が存する。そのひとつが〝鬼交の男子は決して二女に懐妊させざる事〟というもの。これは箱船《アルシュ》の負担にも拘わる事なのだが、天才はひとりの女の腹からひとりしか産まれない。これは知識で理解されたことではない。鬼交の歴史が結論したものだ。この禁忌は乱婚、乱交は同時代に多数の白痴と天才を出現させることになり、それはひいては鬼交の断絶を招く、それを回避するためのものだ。父上はそれを破戒した。私とバルタザールは異母兄弟なのだ」

「しかし、それでは事故や災害で白痴の子と父親だけになってしまった場合に血が絶えてしまうだろう。やはり、その場合には別の女で血を繋《つな》ぐ必要があるんじゃないか。するとあんたたちみたいなパターンが生まれる可能性があるんじゃないか」

「さすがだな。その通りだ。その場合は……」

「その場合は」

「いずれかをその代の箱船《アルシュ》が滅する。礫がバルタザールである限り、澪が次世代の箱船《アルシュ》である事は間違いない。伯父を守ってきた箱船《アルシュ》である父にはバルタザールかメルキオールいずれかを滅する義務があったはず……しかし、父上は弱すぎた」

「だが、おまえの説が正しければバルタザールは箱船《アルシュ》を自ら消滅させてしまったんだ。それはある意味、間接的な自殺とはならないか」

メルキオールはごわごわした禿《はげ》頭から顔までをぬらりと大きな手でひとつ撫《な》で上げた。

「禁忌はふたつ。ひとつは述べた。あとひとつは〝バルタザール・メルキオール・カスパールのいずれも己の運命《さだめ》を曲げようとしてはならない〟というもの。我らのなかには自己を過信するあまり、白痴化を停止、もしくは遅延《ちえん》させようとする者がある。そして、そのたびに幾多の惨劇が繰り返されたのだろう。いかな天才とはいえ人智などは所詮《しょせん》、天の叡知に比ぶれば花粉の一粒にすぎん。父祖はそれを身に浸みていたのだ」

風が起き、見る間にそれは雲を河に落とした墨の如く押し流していった。

「礫ことバルタザールは禁忌を破戒し、さらに箱船《アルシュ》を破壊した。我《われ》が帰還したのは亡き父祖の地獄からの使命を果たせとの配剤によるもの」

「でも、礫が殺ったという確証はあるのか」

「母上が澪を殺す理由はない」メルキオールは顔を上げた。「……伯父と父上は二卵性の双子であった。伯父は禁忌を破り、白痴化回避の研究を重ね、ついに父上殺害を謀《はか》ったのだ」

「よく判らんな」

「伯父はシナプスなどの脳組織への物理的補完を狙った。遺伝子のみならず全ての組織が自分と同位にある者の脳を捕食しようとしたのだ。時々刻々と失われていく細胞とエネルギーの補充が眼目であったことは間違いない。父上は伯父を返り討ちにした」

「殺したのか」

「いや、脊髄《せきずい》を砕いた。伯父は腰から下が麻痺し、その数年後に白痴となった。父は伯父の遺品にあった研究記録を葬《ほうむ》るつもりで保管していた。隠し場所は知らん」

「バルタザールはそれを手に入れたんだな」

「手に入れたとて役に立つものとは思えん。それが有効な手段かどうかは疑わしい限りだからな。しかし、バルタザールが禁忌を犯す契機とはなったはずだ」

「順送りの弟殺し……か。最終的にはおふくろさんとおまえだけが残るわけだな」

「母上は解放する」メルキオールは笑った。

「あれほど優しい人はいない。夫に自殺され、我が子が我が子を殺害し、その身代わりに獄に堕《お》ちた。彼女にとってバルタザールは死ぬのではなく、ある日、忽然《こつぜん》と失踪するが、それらを踏まえても同情するにあまりある。私は母上を鬼交から解放し、この血を当代で根絶させる。12《トゥエルブ》、全ての事態が首尾良く果たせた暁には私を殺すが良い」

「死ななくても解放するだけなら家出でもしろよ」

「白痴の朔太郎を見たな。彼の症状は決して、あのままで安定しているわけではないのだ、12《トゥエルブ》。限界まで伸ばしきってしまった撥条《ばね》の反動は想像を絶する。伯父は死の数ヵ月前より己《おの》が襁褓《むつき》より糞を取り出し貪《むさぼ》ることを止めようと指を一本ずつ嚙み切り、それも叶《かな》わぬと目玉を抉《えぐ》り出し父上に放り投げて抗議したという。私はそこまで堕ちたくはない。私は一度堕ちた。まず日頃から検討していた課題が消え、書名が消え、人名が消え、時間と場所が消え、やがては家族が自分自身が奈落の闇に消えていく。背筋を締め付けられるような恐怖。今、私が感じているものもそれに近しいものだが覚醒の明確さと手応《てごた》えによってどうにか耐えていられる。私の精神活動も補塡《ほてん》された電気エネルギーの枯渇《こかつ》時期に迫れば弱体化し、やがては消滅する。そうなれば君と実質的な意味で逢うことも二度とないだろう。そしてそのときは予想外の速さでやってくるはずだ。神は人を弄《もてあそ》ぼうとも決して救おうとはなさらないものだ。だから、12《トゥエルブ》よ。私が白痴のままで生きているのを確認したら殺してくれ。頼む。これは願いであると同時に君の深い渇きへの一服の清涼ともなるはずだ」

「話だけは承《うけたまわ》っておく。即答するには話が込み入りすぎていてな」

「時間がない。時間の経過は今の私にとって血の放出と同義だ。君の助力無しにバルタザールを滅することは不可能だ。それに私が気づいたことを彼が見逃すはずがない。彼も君の素性はとっくに見通している、この先、どんな要求を突きつけてくるか判らんぞ」

「考えておく。脅《おど》しにはのらない。ところであんたが朔太郎なのかメルキオールになっているのか判る目印が欲しいんだが……。朔太郎がメルキオールの真似をすることはないだろうが、その逆になるとややこしいのでな」

「残念ながら、それはできん。私の帰還をバルタザールに悟られては全ては水泡に帰すだろう。彼を侮《あなど》ってはならん。好むと好まざるとに拘《かか》わらず、この家にいる限り、君は怪物《モンスター》の腹のなかにいるのだ。それを忘れるなよ。12《トウエルブ》」

16

翌日の朝食は実に優雅なものだった。

メニューは何と言うこともない見慣れたコンチネンタル・スタイルだったのだが、詰まるところ朔太郎《さくたろう》が鬘《かつら》を忘れていたところから根っこは生えていたのだ。

先にテーブルにつきビタミンたっぷりのシリアルを口に運んだ礫が〝ウオップ〟と声を上げたのが発端だったのだが、俺のフレークにも砂糖の代わりに塩がブチ込んであった。

「サク！」と喉《のど》を嗄《か》らした美和の声が響く前に礫は猛烈に噎《む》せたおかげで床にミルクとトウモロコシのチップを吐き出してしまった。

「う〜ん」と慌てた朔太郎は布巾《ふきん》の代わりにタッパーに引っかけてあった印度麺麭《ナン》で床を撫で回し、その間にフライパンからはブロックのまま焼かれていたベーコンが怒りの炎を上げ始めた。

礫《さざれ》が口を押さえたまま地下室に戻り、美和は水を吸ったナンが朔太郎の手の下で糊《のり》のように粘っこく床で分裂していくのに堪《たま》りかね、自分のエプロンを外すと朔太郎を邪険に押しのけた。立ち上がった朔太郎の腕はどういう加減か瓶のミルクボトルにあたり、それはテーブルの上で横倒しになると盛大に中身を垂れ流し、白い液体はアッという間に世界地図の印刷されたテーブルを横断すると屈《かが》んでいた美和の頭の上に絵の具のように降りかかった。

「サク！」美和の怒声でテーブルが六マイクロメートルほど持ち上がった時点で怯《ひる》んだ朔太郎が肘だか背中だかで流し台《シンク》のディスポーザーのスイッチを入れると鉄《かね》バケツに花火を

打ち込んだような音と共にティースプーンにフォーク、パスタ用のトング等が日頃の恨みとばかりにその場にいた人間に飛び掛かってきた。朔太郎にはフライ返しが当たり、美和の頭にはヘアピンのようにT字ワインオープナーがぶら下がった。無傷だった俺が股の間を見るとローストビーフ用二叉肉刺《ツイン・フォーク》しが椅子に突き立っていた。

「うう～う～。ご、ごめんね。ママ。あ～、あ～。こんなつもりじゃ」朔太郎が両手を震わせて呟《つぶや》いた。

「出《ア》てお《ウ》いき《ト》」

美和が顔も上げずテーブルの下を睨《にら》みつけたまま低く呻いた。怒鳴るより遙かに相手の体温を下げるパワーに溢れていた。

「マァマ。マァ～マ」朔太郎は両手を揉む仕草をしながら指先をブルブル震わせ、近寄ろうとした。

「出《ア》てお《ウ》いき《ト》」美和は顔を上げず、出入口を指差した。

「まあ、奴もワザとやったわけじゃないんだし……」

「出《ア》てお《ウ》いき《ト》！　サク！　出ておいき！　部屋に戻るのよ！」

朔太郎は更に母に事情を説明しようと近づきかけたが、相手の周囲に張られたバリアーの厚さに負け、首を振り振り、唸りながら出ていった。

「御馳走様《ごちそうさま》。おいしかったよ」最後の言葉は美和への同情を含めたつもりだったが、海に落ちた石のように彼女には届かなかった。

一時間後、俺はソファーの上で蹙《しか》めっ面《つら》の朔太郎と共に美和のピックアップトラックが未舗装の私道を出ていくのを見送っていた。タイヤが乾いた轍《わだち》の凹凸で尻を跳ね上げるたびにリムが喚《わめ》き声を上げ、それは憤懣《ふんまん》やるかたない美和の怒鳴り声にも聞こえてきた。車影が遠ざかると朔太郎は溜息をついた。

「朔太郎が如何に偉大なコックだったか身に沁みたろう、メルキオール」

「やはり判るか、道化になるのは骨だな……」

「まずこれからマスターしなくちゃな」俺はメルキオールの前で拳を上下させた。

「不快な男だ。品性の下劣さは疑うべくもないな」

「まだ仲間になったわけじゃないからな。いつ入れ替わった」

「気がついたら包丁を手に肉の塊《かたまり》を前にしていた。どうすべきか尋ねようにもバルタザールが居たのでな」そこまで言うとメルキオールは突然、床をバンバンバンと平手打ちしてメソメソ泣き始めた。

振り返ると礫がスープを入れたカップ片手に柱の陰から姿を現した。

「熱いのによくそんなものが飲めるな」

「さっきの食事で舌が焼けましたから、これぐらいでないと味がしないんです」礫は近づいてくると俺と朔太郎の間の隙間《すきま》に腰を下ろした。

「おまえも飲むか？　サク」

メルキオールは礫を見つめていたが手を振って立ち上がった。

「サク、最近コレはやらないの？」礫が両手を曲げ伸ばしした。

メルキオールは一瞬、立ち止まり、首を振った。

「いい。やんない」

「どうして？」礫はメルキオールの前に立ち塞《ふさ》がった。「……どうして？」

「気分が乗らないんだろう……ほっとけよ」

「いいえ、サクはこれが好きなんです。いままでこんな風に断ったことは無いんです」

ふたりは見つめ合っていた。メルキオールは右手の親指と人差し指をしきりに擦り合わせ、禿頭に汗を浮かせていた。礫の顔には見て取れるようなものは何も表れなかった。

「うん」メルキオールは頷《うなず》き、俺を見つめた。

「判った。手伝ってやるよ」俺は立ち上がるとバーベルを載せたリヤカーを突っ込んであるトタン屋根の側に歩き出した。メルキオールが後をふらふらとついてきた。

「こいつをあの黒いゴムマットの側に運ぶんだ」

俺の言葉にメルキオールは顔を強張《こわば》らせた。

「運んだら、ベンチをマットの上に設置し、鉄棒《シャフト》に鉄板《プレート》をはめ込んでいけ」顔を上げると礫がカップ片手に目を細めながら、こちらを窺《うかが》っていた。「奴は何か感じている。ここが白痴芝居の見せどころだ」俺はメルキオールの肩を叩き、戻ることにした。

「気楽に言うな」


「ねぇ、サク。それじゃ足りないよ。もっと増やしてごらん」

礫はベンチの脇で鉄棒《シャフト》に鉄板《プレート》を差し込もうとまごまごしているメルキオールに檄《げき》を飛ばした。

「前回はいくつでしたっけ」

「百八十はあったろう」

「サク！　百八十だってさ。そんな小さな鉄板を先に差し込んじゃ駄目だ。順番が逆だよ」

礫の声を受けてメルキオールは二十五キロの鉄板を抜いて、四十キロに差し替えた。

「頑張れよ！　サク！」俺は手にしたハンカチをふらふらと振ってやった。汗だくになったメルキオールが血走った目でそれを見返してきた。

やがて地面の上で両端に九十キロずつの鉄板を噛んだ鉄棒が完成した。リヤカーの荷台には数枚の鉄の小皿が残るだけとなっていた。メルキオールは二三度深呼吸し、呼吸を整えると鉄棒の真ん中に立ち、グリップの位置を確認した。

「ぐがあぁぁ」赤鬼のようにメルキオールの全身が沸血色となると鉄棒がしなりながら持ち上がった。

「う～うん」そして腰ほどの高さに引き揚げるとベンチの架台にドスンとそれを載せることに成功した。

「偉い偉い！　サク」礫がパチパチと景気良く拍手をしたので俺もそれに倣《なら》った。

「ほんとは少ない重量で架台に掛けてから鉄板を増やすもんだがな」

俺が告げるとメルキオールは潤んだような瞳のまま手を振ってきたのだが、なぜか歯は食いしばってあった。

「話があるんです……」礫が呟いた。

「見つかったのか」

「まあ、そのことにも関係あります」

「仄《ほの》めかしは御免だ」

「それは判ってます。これから……少し付き合ってくれませんか」

ベンチに寝たメルキオールが肩幅に手を広げると鉄棒を握った。

「返事はあとだ」俺はメルキオールに集中した。

紙を盛大に擦り合わせるような音をたて深呼吸したメルキオールの胸が膨《ふく》らんだ。それはコンプレッサーを使ったアドバルーンの如《ごと》くみしみしもりもりと大胸筋を馬の尻並みに膨張させた。

「どぅぁ！」居合い切りのような声をたててメルキオールは鉄棒を差し上げた。バーベルは見事に持ち上がりメルキオールの首の真上で静止した。

「い〜ち」礫が大声でカウントすると、それに合わせメルキオールは鉄棒を胸の上に下ろした。

「に〜い。さぁ〜ん……」

礫のカウントが進む度にメルキオールの動作は速くなっていった。頑丈な樹の根にも似た腕を晒《さら》す朔太郎の姿はさながら大胸筋を初めとする三角筋、腕橈《とう》骨筋、上腕頭筋群のオーケストラだった。

「にじゅうごぉ」と礫の声が響いた途端、メルキオールの姿勢に歪《ゆが》みが生じた。上腕二頭筋が仰角《ぎょうかく》六十度程度のところで数秒停止したかのように見えた。するとメルキオールの全身がおこりにかかったかのようにブルブルと震え出し、バーベルが重力に従い下降し始めた。そしてバーベルは上腕と下腕で造るパンタグラフのあるポイントを過ぎた瞬間、メルキオールの胸部に向かって自由落下し、タイヤを殴りつけたような音をたてて止まった。

俺がベンチに辿《たど》り着いたときには既にメルキオールは窒息の瀬戸際にいた。あと数センチ頭部に近い場所に落下していたら鉄棒は山と盛り上がる大胸筋の坂を首に転がり、奴の頸《けい》骨を粉砕していたに違いなかった。如何《いか》に鍛え上げた朔太郎の肉体でも首の靱帯だけで百五十キロに耐えることはできない。メルキオールは死力を振り絞ってバーベルを腹のほうへ押し下げた。息を吸おうとしても重圧によって膨らまない肺は呼吸不全を起こし、驚異的な血圧の上昇は脳と心臓に恐ろしい負荷をかけ続けていた。

俺はメルキオールの胸を上下に割ろうとしているバーベルの端を持つと引っぱったが、まるでそこに生えているかのようにぴくりとも動かなかった。

「げへぇぇ」葡萄《ぶどう》色をしたメルキオールの口から絶息の悲鳴が上がった。

その途端、鉄棒が動き始め、やがて臍《へそ》のあたりまで転がっていった。メルキオールは身を起こし、腰のあたりの鉄棒を一気に落とすと喘息《ぜんそく》発作のような咳を始めた。奴は涎《よだれ》と血の混じった液体を何度も吐き出していた。

礫は姿を消していた。

「大丈夫か」

「どうもうまくない」メルキオールは頷きながら呟いた。顎に血糊《ちのり》がへばりついていた。

「12《トウエルブ》さん。行きましょう」麦藁《むぎわら》帽を被った礫が手に釣り竿を持って立っていた。小さな頭に麦藁がいやにデカく見えた。

俺が腰を上げるのをメルキオールが黙って見ていた。

「サク、静かに家で待ってるんだよ」礫の言葉にメルキオールは微笑んだが、瞳は笑ってなかった。

「じゃあな」俺は軽く手を上げると庭に降りた礫の後を追った。

17

「こんな池で何が釣れるんだ」

「猫です。たまに犬や人」礫《さざれ》は池の中心に向かって浮きが飛ぶよう器用に釣り竿を操っていた。「どうです。これほどはびこっているにも拘《かか》わらず塩を浴びたように生気のない雑草、産廃が吐き出した油と重金属に汚染された土壌。この辺は哀しいほど薄汚いでしょう。

穢《けが》れは人の良心を麻痺させる。飼えなくなったペットを捨てる場所を探している人々の罪悪感を払拭《ふっしょく》するにはうってつけな穢れなんです」

「だからって世話しきれなくなった婆さんを放り込むわけにはいかないだろう」

「そうです。人は大抵、ひとりで……自分の脚でやってきます。そしてドボン」

俺達はメルキオールが正体を明かした池の畔にいた。偶然なのか、礫が足を止めたポイントのそばには俺の松葉杖の破片がまだいくらか残っていた。

「憂鬱《ゆううつ》そうだな。おまえもサクもおふくろさんも……何もかも」

「憂鬱って、楽なものです。生きるためにしなくちゃならないあれこれに気を回さず、ただ漫然と世間の向こうから迫ってくる何ものかに耳を澄ませていればいいんですから。彼らが一様に悲愴な顔をしているのは、そうでもしていなけりゃ周りが納得しないからなんです。時間をかけて造った砂の城が波に崩されてくのを眺めてるように気楽なもんです。それが何よりなんです」

「話がややこしくならないうちに訊いておきたいが、お宝は見つかったのか」麦藁帽に釣り竿の少年という牧歌的風景に向かっては躊躇《ためら》われる問いではあった。

「そこなんです」礫は糸を寄せると再び、それを別のポイント目がけて投げた。

水面はドロリと温《ぬる》そうで釣った魚を口に入れるには日なたに放り出しておいた牛乳パッ

クを鼻に近づける程度の勇気はいりそうだった。

「そこなんですよ」

「無理ならハッキリそう言え。実はおふくろさんのインタビューも不首尾に終わりそうだ。いい加減、見切りをつけなくちゃならん。そうなりゃ早晩、ここを出るつもりだ。澪《みお》はどこだ」

「手に入りますよ……きっと」礫は水面を見つめ続けていた。およそ餓鬼らしくない態度だ。「望みのものが」

「だったら早く決着をつけたいものだな」

「そうですね」

礫は竿を戻すと針先のダレた蚯蚓《みみず》をむしり取って捨て、餌《エサ》箱のなかから新しい一匹を取り出した。礫は細い指で蚯蚓の両端を挟むと中央部に針の頭を埋め込み、アッという間に蚯蚓の体内に針全体を納めてしまった。とんでもないものの侵入に蟲《むし》は黄色い液を噴き出し、何度も身を捩《よじ》らせたが、礫に動きを読まれ、動けば動くほど針はその身に沈んでいった。

「ところで今、何時ですか？」

「十一時あたりだろう」

「もうすぐです」

礫が再度、竿を投げ下ろした途端、サイレンが背後で一度だけ〝ファァン〟と鳴った。

「おい！　一緒に来てもらおう」

振り返ると、あのいやらしい警官が池の入口に停めたパトカーの端に立ち爪楊枝を指揮棒《タクト》のように振って見せていた。

俺の視線を受けて礫は肩をすくめた。

「あれは僕じゃありませんよ」頬に薄笑いが浮かんでいた。

「なぁ、礫。機会を失うといけないんで伝えておきたいんだが」俺は礫の竿を優しく取り上げた。「正直言って、俺はおまえら家族にはあまり同情を寄せてはいないんだ。俺は仕事でやっている。個人的な感情で動いているわけではない」

「判りました」

「いや。おまえは判っていない。おまえらには妙にしっくりこないものがあってな。まあ、おふくろさんの事情からすると当然のことなんだろうが……」

「12《トウエルブ》さんがそんな感情に拘《こだわ》るとは意外だな」

「そうだな、俺としても実に居心地が悪いよ。実際、ここんところ靴のなかに石ころを入れたまま歩き回っているような気分だ」

「無視すれば良いんですよ。無視して割り切って無味乾燥に、機械的に処理すれば良いんです。あなたのような人にはお得意のやり口でしょう。人喰い鮫《ざめ》は鮫らしくしていることですよ。陸《おか》にあがって人間面《づら》しようなんて思わないことです」

「その通りだ。俺も常日頃から墓荒らしは墓荒らしらしくを心がけているからな」

「だったら迷わないことです。下手な当たり屋の真似事までしてやっと潜《もぐ》り込んだじゃないですか」

「俺が嫌っている理由はおまえだ。無邪気を装って何かを謀《はか》っているような餓鬼の存在」

「僕は何も謀ったりはしていませんよ」礫は苦笑した。

「なあ、礫。俺はお前とこう話していてひとつ気がついたことがあるよ。俺が拘っているのは未亡人が打ち込んでいる〝細腕温泉〟の成否でも、白痴の坊ちゃんの行く末でもないようだよ」

「まさか良心とか言わないでくださいね」

「生憎《あいにく》それは辞書にない。要は自覚の問題だ。俺は自分が高さ百八十センチ、六十八キロの大糞だと知っている。主人の命令で動き回る温かい糞だ。服も着れば、レストランにも入る。気が向けば金を払って女のなかにも繰り込む。しかし、糞は糞だ」

「多少、ほめすぎの感はありますが自己評価としては悪くない」

「お褒《ほ》めに与《あずか》り光栄だ、最底辺の身としては嫌悪されることばかりなのでね……。だが、そんな糞でも嫌悪するものがたったひとつだけある。それは自覚のない糞を見つけたときだ」

「竿を……」礫は無表情に手を伸ばした。

俺は奴の目をしっかりと見つめながら竿をひん曲げ、折った。

「おまえはサラダに混じった蟲《むし》だ。多少、オツムが良いつもりらしいが所詮は偏執狂の錬金術師にすぎん」

「せっかくのバンブーロッドだったのに……」礫が眉をしかめて俺を見た。

「すかした気違いより、無垢な白痴のほうが趣味だということだよ……バルタザール」

それを耳にした途端、礫の表情が変わった。

言い方は妙だが二十年ほど老《ふ》けたように見えた。まるで描き上げたばかりの水彩画に水を撒《ま》いたように奴の全体が褪《あ》せた。礫は俺の手元に向けていた視線を上げた。

「そうさ、屋根裏に詰まっていた書き付けを読んだんだ」

「サクの日記だな。あの女には焼却してしまうように勧めておいたのだがな。どうりで最近、天井裏が騒がしいと思っていた。だが君も不可解だな。まさかあれを鵜呑《うの》みにしたわけではあるまい。しかも仮にあれが真実だとしても私と対立する根拠はあるまい」

「ああ、確かに態度は決めかねている」

「こちらはビジネスライクに物事が進めば好悪には興味がない。特に君のものにはね。但し、老婆心ながら忠告させて貰えば君は間違っている」そのとき、礫の竿が強く引かれた。

「後悔するぞ。それに私は奴が書きつけているような種類《たぐい》の人間ではない」

「おい、何をごちゃごちゃやってるんだ」パトカーから出てきた警官が喚《わめ》いた。股間に染みついた小便の痕《あと》が遠目にもハッキリ見て取れた。

そのとき、足下で前頭葉切除術患者《ロボトミー》の演奏のような間の抜けた音が響いた。

礫が屈《かが》み、草を分けると携帯を拾い上げた。

「君のかね?」

「知らんな」俺は頭《かぶり》を振った。

「はい」礫は応答し、相手と二言《ふたこと》三言《みこと》口を利くと俺に向かって手を突き出した。

「君に用件があるそうだ」

「なんだと」

礫は微笑んでいた。真新しい携帯には持ち主を彷彿《ほうふつ》させるものはなにもなかった。

「誰だ」

『私だ』紙を擦《こす》り合わせたオギーの声が響いた。『……判るな』

「ええ」俺は携帯を持ち替え、無意識のうちに礫に背を向けた。オギーから直接、電話を受けたのは初めてだった。

『一度しか言わん。彼に従うのだ……良いな。今後、一切の指示は彼に従え』

「しかし……」

『彼を助け、協力するのだ。必ず』

俺は黙っていた。

『そうすればお前も自分が何者かが判る』

俺は黙っていた。

『ちなみに彼はいったい幾《いく》つだ』

「十四になると聞いてますが」

『ふふふ……面白い』オギーがくぐもった笑いを漏らし、電話は切れた。

礫は両手を前に組んでいた。顔には不敵な表情が浮かんでいた。

「仕方ない……まずなにをしたら良いんだ」俺は深呼吸をすると呟いた。

「あれを済ませて来たまえ」

礫は警官を指さした。

18

「ホモるのは後にしてもらいたいな」

「待ってくれ、私は任意で同行している。それを忘れないで欲しい」

「忘れちゃいないさ。アンタが来てからこっち、俺は一遍だってアンタの事を忘れた日はないんだ」

　警官はハンドルをぱたぱた叩きながら聞いたことのない鼻歌を始めた。たぶん、自分で造ったのだろう。身を持ち崩した人間の悲哀に溢れていた。

「ところで身体はもう良いのか」

「痛みがないわけじゃないが、看護の甲斐はあるようだ。動き回るのには不自由はない。もっともこの首のコルセットを除けばの話だが」

「もっとデカい病院に移れば良いんだ。俺だったらそうするね。誰だってそうだろ」

　警官はバックミラー越しに視線を投げつけてきた。

「台所事情が許さないようでね。私も善意の第三者として陰ながら協力をしているんだ。

聞けばご亭主に死なれ、あのご婦人も可哀相な身の上だ」

「アンタはあの家にだいぶ良い具合に喰い込んだみたいだな。あの女は悪くねえ……悪くねえ」

「ああ、いい人だ」

「女はクリスマスケーキだとか抜かす阿呆がいるが、あれは女をしらねえ餓鬼の言葉だ」

警官が開けっ放しの窓から吹き込む砂埃に目を細めた。「あんたなんだと思う？」

「女性は女性だ。物に喩《たと》えるなんて良い趣味じゃないな」

「女はカレーさ。作りたてなんか喰うのは畜生だ。翌日でもまだ二十代の餓鬼。一番、脂が落ち着いて味が染みてくるのが二日目。つまり三十路《みそじ》の女ってとこだ。煮込まれ、掻き回され、しゃくられて、いろんな辛いめにあった様々がジワーッと身に馴染《なじ》んでくる。良いことも悪いことも」

「それ、どっかで読んだのかい」

「いや、持論だ。いわゆる俺、ウコイダユキオが唱える――ウコイダ学説《ドクトリン》といったところだな」

「拍手したいが、頸《くび》に障《さわ》るんで止《よ》すよ」俺は車内では本題に入らない様子の警官《やつ》を無視することにして殺風景な荒れ地に目を遣《や》った。

何度めかの轍《わだち》によるバウンドの後、警官が呟いた。

「もう犯っ《や》たんだろう。おまえ……」

「馬鹿な。この身体をよく見ろ」

「おまえはだいぶ良い案配《あんばい》に喰い込んでるよ」バックミラー越しに滑《ぬめ》りを帯びた目が卑しく縮んだ。

ふと目を外に向けると、道の端に座って空を見上げている大男がいた。

朔太郎だった。

すれ違ったのは一瞬だったが、俺は朔太郎の目がはっきり自分を捉《とら》えるのを感じた。

「先週、突然、あんたらしい風体《ふうてい》の身元照会があってな……やっとあんたが何者だか判ったんだよ」

「俺はまだ何もハッキリしないがね」

「あんた骨董屋《こっとうや》だっていうじゃないか……。雇い主がそう言っていたぜ。まだ記憶が甦《よみがえ》らないってのか」俺の判然としない顔つきに焦《じ》れたように助手席にあった書類袋を警官は投げて寄こした。

「好い加減、つまらん芝居はよしたらどうだ。そこにあるのがあんただ」

なかには簡単なメモ程度の紙が二枚。オギーの会社と俺の名、アボガドがでっちあげたであろう偽の履歴が記されていた。

「なるほど……なんとなく想い出してきたよ」

顔を上げると警官がミラーから粘っこい目つきを投げつけていた。

「鑑定屋なんだってな」

「だ、そうだな」

「女の鑑定もするのか」

「あれは事故だ」

警官《やつ》が黙り、俺も黙った。

そのとき、風が鳴ったようだった。

「畜生」軽い舌打ちと共に警官がミラーのなかの視線を俺の背後に向けた。

それを追って俺もリアウインドーを振り返った。

朔太郎《さくたろう》がいた。

〝とぅぅぅぅぅぅぅ〟さっきの風と同じ音が朔太郎の口から流れてきた。

「いつから追ってきてるんだ」

「あいつが座っていた。家の端《はた》からだよ」

追う者の頬には涙の痕があった。メルキオールではない。

「何か事件かもしれんぞ」

「違うね。あの与太郎はおふくろの事以外には何の関心もないんだ」警官はチラッとミラー内の朔太郎を見上げた。「鬱陶《うっとう》しい阿呆だ」

パトカーは突然、サイレンを鳴らし始めると加速した。

「あの阿呆にはうんざりしてるんだ」

「殴られたからか」

俺の言葉に警官は一瞬、驚いたような表情になり、すぐに眉を顰《ひそ》め直した。

「なんのことだ」

真っ黒に焦げた箱のような朔太郎は腿を限界まで引き揚げ、大胆なストライドで大地を蹴り続けていた。頬が呼吸のたびに膨らんでいた。合間に何か叫んだが聞き取ることはできなかった。

「サク！　家で待ってろ！　すぐに戻る」俺は窓から身を乗り出して叫んだ。

俺を見た朔太郎の顔に不思議な表情が溢れたのを見逃さなかった。それは並んでやっと買ったソフトクリームを落としてしまった子供の貌《かお》だった。悔しさと哀しさの入り交じった健気《けなげ》な貌だった。

た。


「畜生、まだついてきやがる」

警官の声が聞こえた途端、後輪が石を弾き、それが朔太郎の顔面を直撃した。礫《つぶて》の角が朔太郎の捻れた唇の根元を抉《えぐ》り、ぱっと血が弾けると桃の実のような肉が覗いた。

〝どぅぅぅぅぅぅぶぅぅぅぅぅぅぅぅ〟朔太郎は絶叫した。

「とめろ!」俺は運転席の背を摑んだ。

警官は前方を睨《にら》んだまま小刻みに身体を揺すり、再びスピードを上げた。

加速して再び離れつつある車に朔太郎は断末魔をあげた。

そして突然、前にのめると鳥のように手を挙げたまま地面に突っ込んだ。

朔太郎の身体は砂埃をあげながら二度三度と回転しても止まらなかった。

「あ、こ、転んだ。白痴が転んだ。あははは、転んだ。〝転び白痴だ〟」警官はハンドルを叩きシートの上で飛び跳ね、何度も振り返って横倒しになった朔太郎を確認した。

「俺をなめやがって。なめやがって白痴め! ざまあみろ」

車窓から朔太郎の姿が遠ざかりつつあった。

「サク! 家で待ってろ。大丈夫だからなぁ」

それでも朔太郎は立ち上がるとこちらを追ってきた。身を捩《よじ》るようにギクシャクと身体を動かしながらも奴は再び走り出した。が、既にその走りでは車に追いつくことは叶わず、朔太郎の姿は徐々に小さくなっていった。

「とめろ！」俺は運転席のヘッドレストを殴りつけた。「とめろ！　ドアロックを外せ」

僅《わず》かにスピードが緩《ゆる》んだのを見計らって俺は窓から手を伸ばすと外からドアハンドルを摑んだ。

ラッチの外れる音と共にふいに身体が空中に投げ出され、ドアに印刷されたパトカーのネームプレートが胸元から頭の先に向かってロケットのように去っていった。

俺は路上に転がっていた。

「とぅぅぅぶ」朔太郎が手を振った。

俺はそれを耳で聞きながら三度、深呼吸をしてから身を起こした。

後部ドアが半ば開いたパトカーは朔太郎とは反対側で停止していた。運転席から警官の腕だけが見え、サイレンは止《や》んでいた。

「とぅぶぅ」朔太郎は俺の脇に雪崩《なだ》れ込み、その拍子に俺の腰骨に膝をぶつけてきた。

「どっかいくのか？」目から火が出るように痛かったがまったく気づかない朔太郎は俺の掌を取った。「いくの？　いくのか？　いくなよ、とぅぶ」朔太郎は俺の肩を摑むと激しく揺さぶった。「いよう。ずっといよう。俺とママと礫《さざれ》と。みんなでいよう」

「いかない。どこにもいかないから」

「そっといくなよ。みんなそっといなくなる。そっといくな、とぅぶ」

「わかった。黙ってはいかん」

〃……ダマッテハイカンダマッテハイカン……ダマッテハイカン〃空を見上げると朔太郎は俺の言葉を繰り返し、やがて頷《うなず》いた。

「かなりわかった」

「痛くないのか」朔太郎は腕を引くと俺を立ち上がらせようとした。

「痛くない」朔太郎は裂けた唇に手を当てると歯を剝《む》き出しにして笑った。

〃♬うへぇほぉ向うぃてぇぇ、おあぁる、くうおぅふぅおう。なぁみだがぁくぅおぼおれぇ、なはぁいよに♪〃

歌詞は定かではないが朔太郎は両手を広げると〃スキヤキ〃を唄いだし、その場でくるくると回転した。

「おい、盛り上がってるところ悪いんだが！」下りてきた警官が開きっぱなしの後部ドアを音をたてて閉めた。見てはいないがたぶん、蹴っ飛ばしたのだろう。「今夜はサッカーを観なくちゃならないんだ」

警官が朔太郎に向け帽子の鍔《つば》を軽く下げて会釈したが、朔太郎は目を訝《いぶか》しげに細め睨《にら》んで返した。

「俺、あいつきらい」

「俺もだ」俺は膝の泥を叩《はた》き落とすと朔太郎の腕に触れた。「とにかく、俺は奴の用事が済んだら必ず戻る。おまえは家で待っていろ」

俺の言葉に朔太郎は小指をたてた。

「何だ」

「いびきり」

苦笑しつつ俺は小指を朔太郎の指に絡《から》めた。

頭の天辺《てっぺん》を焼く日差しのなか、朔太郎の元気な指切り唄が響いた。

指を離すと俺はパトカーへと歩を向けた。数歩いくうちに不意にある考えが浮かび振り返った。

朔太郎は最前の姿勢のままこちらを見つめていた。

「サク！　ピーナッツバターを頼む」

それを聞くと不安げな朔太郎の表情がハッと晴れた。

「うんうん。作るよ、とぅぅぶ。俺はよりにうでをかけて作る。ぱいいち、杯一つくる」

「楽しみにしてるぞ」

朔太郎は歓喜の叫びをあげると、突然、家に向かって走り出した。時折、ジャンプし、走りながら両手で頭を目覚まし時計の鐘《かね》のように叩いているのが気になったが、俺が戻るまでここに立ち尽くすということはないだろう。

「あんた猛獣の扱いが上手《うま》いな」後部座席に乗り込んだ俺を確認すると警官が笑った。

「やっぱり、だいぶ喰い込んでるぜ、あんた。デブのレオタードなみにあの家に喰い込んでる」

19

俺が連れ込まれた交番はこの町に相応《ふさわ》しい見窄《みすぼ》らしさに溢れていた。不倫騒ぎを起こした揚げ句にヘアヌード写真集などを出して今はすっかり汚れてしまった元子役があどけなく微笑んでいるポスター。いかにも官給品といった家には置きたくない殺風景なスチール製の机がふたつ。鯖《さば》の皮色に煤《すす》けたビニールパッドを貼り着けていた。

警官は額に汗の玉を浮かべうたた寝をしていた年若の警官の頭をひとつ叩いて起こすとパイプ椅子を空けさせ、それを俺に勧めた。

恨《うら》めしそうに俺を見つめた若い警官は口をモゴモゴ動かしながら奥のドアを開けてなかに消えた。

「それでどんな用です」

「身元が判明したんでな。そこからはいろいろ調べるのがさほど苦労じゃなかった」警官は胸ポケットから煙草の箱を取り出すと俺に差し出した。「どうだ?」

「結構。それよりも早く済ませましょう」

「なんだ、誰かと待ち合わせでもしているような口振りだ」

「一応、子供の様子が気になるのでね」

俺の言葉に警官は小刻みに銜《くわ》え煙草を震わせた。

「へへへ。ほんとにアンタは喰い込んでるよ。良い親父になれるぜ」

「これは善意の第三者としての意見だ」

警官はまた身体を震わせた。

「あんたの所属している会社。これは何か個人事務所のようだがね。これは何をしているんだ」

「さあ。電話をして訊いてみたらどうなんだ」

警官は煙草に火をつけると頬を膨らませてたっぷりと吸い込み、続いて煤煙《ばいえん》を吐き出した。部屋がたちまち俺の気分同様、灰色に曇った。

「したよ。電話口に出た女はつべこべ話していたがな。どうにも馬鹿にされてるような感じがしていけねえ。何かを隠してる感じだ」

「よく判らないな」

「あんたは良い身分じゃないか。何も個人事務所でせこせこ下働きするような必要はない」警官は俺の反応を楽しむかのように小さな目をすぼめ動かさなかった。「口座にはきっと金が唸《うな》っているんだろう」

俺は黙っていた。

「幸か不幸かあんたは二十歳になった年に両親を飛行機事故で亡くしているな。賠償金と生命保険金が三億足らず。デカイ、デカイ玉《ぎょく》だ」警官は自分の座っていた椅子を回して背もたれを前にするとそこに寄りかかるようにして座り直した。「大学に通っていたあんたは葬儀が終わるとさっそく旅に出た。傷心旅行《センチメンタル・ジャーニー》だ。マツモトイヨだな」

「あんたは人の親が死んだと聞くといつもそんな感じで片付けるのかい」

「まあ、人によるな。さて、あんたは今の雇い主に拾われるまで職にはついていない。日本にいた期間も極めて少ない。東南アジア、インド、アフリカ、ロシア、中東、東欧を半年から数年の長期に亘《わた》って放浪している。いったい何をしていたんだ」

「土産《みやげ》話は想い出したら話すよ」

「是非、そうして貰いたいものだ。今はどうかしらんが当時としては単なる観光にしては酔狂な都市《ばしょ》ばかりなんでな。それにあんたの立ち回ったところの多くはビザの取得の難しい国が隣接してる」

「それで……外地に於《お》ける不法入国でも調べるつもりなのか」

「冗談じゃない。そんな上玉を挙げるなんて、こんな所に骨を埋めようっていう警官《ポリ》には想像もつかないお話さ。そうだ、俺はここで腐っていく。この町と共にこの町のろくでなしと共に……きっとそれが言いたかったんだな」

「同情しろっていうんじゃないだろう」

「あんたは地球が丸いと思っているタイプの人間だ。地球は丸い。だからどこへ行っても喰うのと住むのには度胸さえあれば困ることはないと……」警官はそう言って靴を脱ぐと逆さに振った後、鼻に近づけなかの臭いをひと嗅ぎすると履き直した。「だがな、世の中には碁盤のように真っ平らな地球しか持ってない奴も大勢居るんだ。今、見えている風景だけが生きる全て、そこから出たらこぼれ落ちて生きられない人間」

「カソリックの神父に聞かせると良い。奴らのなかには箱船を信じている奴らもいるらしいから……大喜びするぜ」

「あんたはチェス盤の鶏《にわとり》だ。人が苦心して駒を進めているのに脇から飛び乗って、あっちこっち突っつき回っている。端《はた》の迷惑なんざ考えもしないんだろう」警官はそこまで話すと俺を睨みつけた。「ここは生きる屍《ゾンビ》の巣だ。生き甲斐なんかありゃしない。みんな既に死んでるのに埋められてないっていう奴ばかりさ。そういう奴らは何するか判らんぜ」

「そうか、俺は盤の女王《クィーン》を弄《いじ》くったわけだ。もう少しでどこかの誰かさんのものになるはずの……」

「女王《クィーン》ってのはゲームの要《かなめ》だ」

「でも横には坊主《ポーン》がいる。あれは力尽《ず》くではしぶといぜ」

「それはこちらの話だ。あんたが心配することじゃない」

「そのゲームには大勢参加してるんだろうな」

「町中と言っても良いだろうな」

「彼女がいろいろと可哀相な身の上なのは知ってるだろう……」

「ああ。身から出た錆と言えばそれまでだが」警官は窓の外を見上げた。「また、それが俺の切り札でもある」

「一緒になる気なんだな」

俺の言葉に警官は鼻を鳴らした。

「馬鹿な。俺には大学に行ってる餓鬼がひとりと専門学校に行ってる娘がいる。誰も結婚なんざ考えてる奴はいない。逃亡中だがおとなしい女房もいる。第一、あいつはコブ付きの後家なんだ。年金を慰謝料に変える義理はねぇ」

「卑《いや》しい話だ。どちらにせよ、あんたそういう奴らを牽制《けんせい》しないのか」

警官《やつ》は立ち上がる拍子にわざとそうしたのか椅子を蹴倒した。「週明けには姿を消して貰おう」

「ずいぶん強引なんだな」

「感謝してくれ。これでも私刑《リンチ》反対論者なんだ。それ以上は抑えきれん」

20

がらんとしたポーチからなかに入ると朔太郎《さくたろう》の姿はなく、キッチンのテーブルには混ぜかけのピーナッツとバター、蜂蜜がボールに載っていた。

俺が味見をしようとそれに指を突っ込んでいると礫《さざれ》が戸口に現れた。

「来て貰おう」礫は何の表情も浮かべず、そう言い放った。

キッチンを出ると階段裏にある地下へのドアが開き放しになっていた。なかを覗くと急な階段が十五段程度並んでいた。突き当たりには煉瓦《れんが》の壁。明かりは左手から差し込んでいた。

「ドアを閉め、錠を下ろしてから来てくれ」礫の声が響いた。

階段を下りると土が剝き出しの床とマイクロバスが二台ほど楽に駐車できる空間があった。正面にはロッカーと書棚が四つ。天井には細かな文字で書き付けた数式がところせましと貼り付けてある。コンピューターを載せた机が三台。電話とファックス。その横にどうやって運び込んだのかグランドピアノ。奥のほうにはビニールで間仕切りしてある小部屋のようなものがあったが、はっきりしなかった。

「運送業者以外に人を入れたのは君が初めてだ」

「ベッドがないな」

礫は微笑むと俺を奥の間仕切りされた小部屋に誘った。

「ここにある」

そこは巨大なビニールに包まれた風船のような部屋だった。大型のベッドと見えたものはベッド様の処置台だった。産科で見かけるようなあぶみ型足載台《フットレスト》と無影灯がついていたのでそれと判った。それぞれの横には心電図や脳波をモニターする装置らしきものも整然と並んでいた。他方のベッドには頭のほうに鉄の輪を組み合わせた帽子状の丸いものが固定してあり、その横にベッドに連動するような大きな白い板《モノリス》状の箱があった。

「このふたつのベッドはどんな角度にも移動可能だ。背後のコンピューターと連動して千分の一度にも耐え得る精度を持っている」

「そのベッドの上にある鉄の帽子みたいなのはなんだ」

「あれか、あれはまさに〝夢の帽子〟だよ」礫はくぐもった笑い声をあげた。

俺は小部屋から出ると部屋の真ん中に立った。

「するとあんたは寝ないわけだな」

「眠りはパートタイムな死だ。私には当分、必要ない」

礫は机に近づくとコンピューターに触れた。すると今まで投下直後から原爆のキノコ雲が何度も繰り返し成長する背景上に［E=MC^2］の文字が流れるスクリーンセーバーが消えた。

「先日、私と君の雇い主の間にはある盟約《めいやく》が成立したのだ。彼は君が、私が望むであろう協力をするはずだと言っていた。私は君を調べ、行動を遡《さかのぼ》り、雇い主に到達した。彼は賞賛していたよ」

「たぶん、初めてだったろうからな」

「彼は君の履歴《りれき》を披露してくれた。今や私の君に関する知識は君の雇い主と等価だ」

「あの親父がそこまで心を開くとは、こちらも驚いている」

「彼と私とはある意味で同等の絶望を有しているのだ」

「同病相哀れむといったところだが、それだけで彼が手を組むはずがない。何を条件にした」

「君は彼の指図で屍衣を漁《あさ》っている。彼にとって他者の死は生きる糧《かて》となっているようだ」礫はモニターから目を離して、俺に向き直った。「私はそれに革新的な提案をし、また協力を約した」

「まさかあんたが人を殺しまくって、彼のコレクションを充実するっていうんじゃないだろうな」

俺の言葉に礫は微笑んだ。「12《トウエルブ》。やはり君は墓泥棒が似合う程度に俗物だな。私が提案したのはFBIやスコットランドヤード、ユーロポール、カナダの王立騎馬警察隊など世界中の捜査当局がその開発に血眼《ちまなこ》になっているシステムのひとつだ」

「彼は犯人捜しに興味はないはずだが」

「君はRPVRという言葉を聞いたことはあるかね」

俺は頭《かぶり》を振った。

「正確にはRetina Persistence of Vision Reproduceと呼ぶのだが」礫は言葉を切った。

「これは殺人捜査に於ける究極の武器として期待されている……Retina。つまり、網膜の事だが、ここに焼き付いた残像をデータとして抽出・分析し、再構築するシステムなのだ」

笛のような音をたて俺の唇が鳴った。

「〈彼女が最後に遭った者を探せ〉だな」

「現在でも網膜の残像再生は可能だ。しかし、それは摘出時間が心肺停止後六時間以内であることと、強烈な光と白色系の背景に晒《さら》された被写体でなければならない。解像率もとても実用レヴェルには達していない。砂漠にじっと硬直して突っ立っている犯人でもなければ使えないのだ」

「そんな大研究がこんなちっぽけな場所で可能なのか」

「誤解するな、私は提案をしたのさ。私を庇護《ひご》し、望む環境を守るのであれば……速やかに実用にまで持ち込む。それ以降、君の仕事はもっぱら死者の眼球掘りにとって替わるはずだ。窒素の詰まった小型冷凍ボックスを片手に日本中を回れば良い。あの老人は若者が死の直前に見た風景をホログラムにして展示すると喜んでいた。遺品よりも確実に真実に迫れるからだとも言っていたな」

「そんなややこしい事をしなくても彼は別のルートで研究成果が必要ならば手にいれるだ

ろう」

「現在、主流として進んでいるのは脳の視覚野に対するアプローチなのだ。これは間違っていない。脳は網膜自体に比べ腐食進度が遅いからな。被献体の保存も容易だ。実用段階にしても適応率は高い。だが、問題も多い」

「データの収集……」

「そうだ。生きている人間を調べるのは現在では禁じられているからな。これも平和がもたらす弊害のひとつだ。戦争中なら誰も文句を言わん」

「あんたは勝手に人体実験ができるというわけだな」

「そうではない。私はあくまでも網膜に拘《こだわ》った。虹彩《こうさい》を経由し、網膜へ達した光信号の膨大なデータをコンピューターに解析させることで再現性を狙うのだ。データ収集には盲人用に開発が進んでいるマイクロチップを挿入して行う」

「どちらにせよ人体実験になるな」

「ふむ。だが被験者は数人で済む。脳を開けるより身体へのダメージは遥かに少なくて済むからな」

礫はコンピューターの脇にあったスタンドの位置を調整した。それは古臭い電灯であり、大ぶりの傘《シェード》は干涸らびたペラペラの紙に素人が何層もベージュを重ねたようなもので塗り痕と塗り痕の継ぎ目が血管のような地図を描いており、ところどころ大小の穴が開いていた。

「それで俺に何をさせたいんだ」

　礫は俺に向き直った。

「兄を処置する。君はそれを手伝うのだ」

「力尽《ず》くでは無理だな」

「君は犀《さい》を殪《たお》すのに素手で立ち向かうのかね」

　俺は奇妙なスタンドの傘に触ろうと手を伸ばした。

　すると礫がそれを俺の指から引っ込め微笑んだ。

「しかし合点がいかないな。いまさらそんなことをして何になるんだ。あんたはオギーと取り引きしてここを出ていって、後は好きにするが良いじゃないか。今の奴は小学生の知恵の輪だって外せないんだ。そんな男を殺してどうする」

「彼は私の悪夢そのものなのだ……」礫は目をすがめた。「それと勘違いしてもらっては困る。私は彼を殺すとは言わない」

　俺は片眉を上げた。

「処置するのだ。殺すのではない。単に消滅させるならば時を待たずに私自身がしていた」

「難しい話だ」

「君は兄の書き付けを読んだらしい。バルタザール・メルキオール・カスパールに、第二次性徴期を期して発狂する家系……君は信じたのかね……あの全てを……真実と」

「読み物としては真に迫っていた」

「私には及ばぬものの兄は確かに際立って明晰《めいせき》だった。しかし、それは目的を持たずに大洋を彷徨《さまよ》う高速船のようなものだ。父譲りなのか、もともと過度にエキセントリックだった彼は誇《こ》大妄想《だいもうそう》的に自分が成功する機会を信じていた。それは幼い私が聞いても噴飯《ふんぱん》ものの夢だったが、彼は信じていた。小説家としてまた世界を股にかける冒険家として、または繊細かつ希有《けう》な研究者、学者としていくつもの人生を同時に生きようとしたのだ。だが一方で彼の理性は片田舎に住む市井《しせい》の子息が承《う》けられるであろう恩恵の限界をも知らしめていた。彼は小説や詩、はては楽曲を片っ端から作り出すと自分の才能に興味を抱きそうな個人・団体・組織を問わず送りつける日々に没頭した。だが、彼が期待したような太陽のように降り注がれるべき賞賛はなく、シベリアのような凍《い》てついた沈黙だけが残された。彼は絶望し、やがて怪しげな宗教に耽溺《たんでき》し、それと同時に薬《ドラッグ》に手をつけた……彼の現在の姿はその後遺症と不潔な場所に出入りしたために噛まれた虱《しらみ》によるウィルス熱が原因なのだ。君が読んだのは彼が出版社に持ち込もうと計《はか》っていた妄想譚《もうそうたん》のアイディア・メモにすぎん。私の知性は存在するべく存在している。高等遊民に成り損ねた人間の戯作《げさく》の産物と混同されるのは迷惑だ」

「しかし、あんたがそこまで奴を嫌う理由が判らないな」

「父の自殺は彼とあの母《おんな》の関係によるものだ」礫は顔をしかめた。「実に汚らわしいことだが……父はそれを知り、絶望した」

「どちらが真実にせよ。厭な家だ」俺は溜息をついた。

「同感だ……澪《みお》のけじめはつける。君は指示あるまで待機していたまえ」

21

朔太郎《さくたろう》が張り切って用意したピーナッツバターはメルキオールのお陰で台無しになってしまっていた。テーブルには美和と礫《さざれ》、朔太郎だかメルキオールだかが勢揃いしていたが、奴らの顔を見ただけで空腹感が吹き飛んだ俺は辛《かろ》うじて最初に拵《こしら》えてあった瓶のひとつを手にすると夕食を辞退して部屋に籠《こ》もった。

屋根裏から持ち出した紙束は隠して置いたままの形でマットレスの下にあった。【メルキオールの善根】と書かれた表紙を開くと強い黴《かび》の臭いが立ち上った。

〝人を殺してはならんと思考することが全ての誤謬《ごびゅう》の始まりなのであった。世の中には殺されることをもって成就《じょうじゅ》する生と殺すことによって達成されるべき生があるのだ……。神は人の間にも羊と狼の役割を任せられた。生は無価値に万遍なく与えられているが、それを奪うのは確実に選ばれた者によってのみ果たされていくのだ……〟

というお題目で始まるそれは中世ヨーロッパの架空の都市——限りなくロンドンはイーストエンドに近い——を舞台にしてあった。主人公は貴族の青年で若さと美貌と財力を産まれながら手にしていた。彼は頭脳明晰であるが故に既に満ち足りてしまっている人生に苦悩する。何を成すために産まれたのか？　ことさら政治や軍属への活躍にも興味のない彼は次第に自身の生の目的を見失うが、パブで知り合った狼男《ヴエオウルフ》と名乗る人間に無理矢理、付き合わされているうちに自身のなかに光明を発見していく。主人公は狼男から獲物の選び方、捕まえ方、処理の仕方の手ほどきを受けると次々と街娼《がいしょう》を殺害していく。なぜ殺すのかという問いを求めるのではなく、自分自身が〝なぜ殺すのか〟という問いの巨大な疑問符そのものに成りきるため殺戮《さつりく》を繰り返していく……。

俺は知らず知らずのうちに没頭していた。

ふと気がつくと池で拾った携帯がポケットのなかで震えていた。


『……彼とは話し合ったのか』

数秒の沈黙の後、俺の気配を認めたオギーの声が響いた。

「どうあなたに取り入ったのかをね」

『珍しいな……怒っているようだ。感情が出たのか』

「驚いただけです。しかし、本当に信じられたんですか?」

『まだだ。彼は自分を証すものをお前に託すと言っている。受け取り次第、戻るのだ』

「何ですか」

『判らん。……それと腕時計は別のものにしろ、あのメーカーも御多分《ごたぶん》に洩れず顧客管理は全てコンピューター任せらしいがセキュリティーは最低とのことだ』

「誰が言ったんですか」

『礫だ』

オギーは俺の反応を楽しむかのように沈黙した。

『彼はおまえの命題への答えを持っていそうだ。何ものにも代えて知りたがっていた〝問い〟に明確な答えを与えるかもしれん……』

軽い電子音とともに通話は切れた。

俺はベッドに身を伸ばすと天井を眺めた。

俺は人殺しだった。

幼い頃、弟を殺し、両親がそれを事故として処理させていた。父は俺が実際に人を殺す遥か昔……たぶん俺が産まれる以前から俺が人殺しだと気づいていた。

高度三万フィートの大西洋上、旅客機のターボファン・エンジンの排気ガイドベーンの気まぐれから、排出されるべき炎熱気流が逆流し、圧縮機タービンをコンプレッサー・シャフトごと吹き飛ばしたときに彼らは碧《あお》い海原に散る柔らかいジグソー・パズルの一部となった。実際のところ母親は腑《はらわた》の全てと顎から上が鮫に喰われていたために繋《つな》ぐ手間がかかった。

成層圏で地味な花火が挙がった同じ頃、日本時間の午前三時三分に家の電話が鳴った。

相手は俺の呼びかけには答えず無言のままだった。しかし、

〝神はおまえを選ばれた……〟俺の耳のなかで確かに父の声が響いた。

翌朝、航空会社からの連絡で俺は何もかも手に入れたことを知った。

あれを発見したのはダッハウの森でアルムガルトと名のる女の頭骨《とうこつ》から皮を剝《は》ぎ取っているときだった。愛用していた香港製の財布をトルコのアンカラ空港で掏《す》られてしまったために代わりが欲しくなったのだ。小学校で音楽の教師をしているという彼女は偶然、地下鉄で相席になった日本の若者が第二次大戦下の悲劇をじかに検証したいとはるばるやってきたのに強く感動し、案内をかって出たのだった。

頑丈そうな顎から頰にかけて彼女の肌には三十代後半ながら傷や染みが見あたらなかった。

〈273〉

俺は噎《む》せ返るような濃密なオゾンを吐き出している陰森《いんしん》のなかアルムガルトの頭頂骨に目を留めた。それは両のこめかみを繫ぐように走る頭蓋の冠状縫合と後頭骨から前頭骨へと伸びる矢状縫合の接点に当たる部分、つまり頭蓋縫合の頂点にあった。初めは見慣れた縫合のいたずらかと思ったが、脱同期の脳波形そっくりに小さな山を造ってみせるそれとは別だとすぐに気づいた。

アルムガルトは口を半開きにしながら俺に頭を摑《つか》まれ、薄暮《はくぼ》が頭骨を照らす位置まで引きずられた。途中、乾いた音がし頸骨が脱臼したが俺は構わずにピンクの泡で濡れた彼女の骨を指で拭いた。

〈273〉とやや斜めになった流麗な筆記体が残されていた。そしてその文字は俺の目前で忽《たちま》ちのうちに霞むと焼けたフライパンに落とした水滴のように震えながら蒸発してしまった。

俺は初めて屍体を埋めずに現場を後にした。

ひと月後、アンヌという画学生はブーローニュの森が最後の寝床となった。俺はアンヌの頭骨を開いたがそこには何のメッセージも無かった。やはり何かの間違いだったのだと思い、用意した大型のトランクケースに彼女を押し込もうとした俺に妙な予感が駆け抜けた。早く済ませようと焦る俺に別の警告が叫《わめ》き立てた。それは俺を大長編を残り数十枚で放り出すような気分にさせた。俺は億劫《おっくう》がる身体を宥《なだ》めつつアンヌの入ったトランクをレンタカーに乗せ、郊外の廃屋を探して回った。

〈décalogue《デカローグ》〉

アンヌの文字は子宮のなかにあった。それは〃十戒〃と仏語で達筆に描かれていた。

翌週、ユーゴスラビアのドブロブニクで知り合った最期まで名前を訊かなかった少女は心臓に〈451〉。かつての要塞都市である城壁に囲まれた町で彼女は絶命した。アルガルトといい、アンヌといい彼女たちはいとも容易《たやす》くあちらから近づいてきた被害者だった。

以後、俺は単に〝女たちを殺す〟ことから〝読む〟ことに目的が変わってしまった。ある者は脳を取り外した後の頭蓋底に、またある者は頬骨の奥に文字を隠していた。そして俺の殺しは物理的に困難で窮屈で重労働になっていった。いかに小柄だとはいえ、ひとりの人間を解体するのには半日はかかる。それだけのプライバシーを守る場所を確保するのはとてつもない危険を伴い、途中で文字の検索を諦めねばならぬこともあった。不首尾に終わったときにはいつも俺の腑《はらわた》の一部が硬く煮凝《にこご》るのが判った。熱くいつまでもじくじくと厭な熱を吐き出す瘤《こぶ》ができた。文字は同じ場所に隠されていることはなかった。いつもへとへとに憔悴《しょうすい》しきるまで女たちを解体した後でふいに見つかった。傍《かたわ》らには鉛筆の削り滓《かす》のようにこそぎ落とされた肉の屑と骨と臓物が山と残った。作業が終了すると俺は死んだように眠るようになり、その間ずっと目には火箸《ひばし》が突っ込まれ、頭には万力《まんりき》の枷《かせ》が塡《はま》っているような感覚に苛《さいな》まれた。

俺は文字を書き留め、意味を調べた。しかし、それの意図するものは摑めなかった。〈273〉をマイナスとすれば絶対零度であるとも、素数91を最大公約数にするとも、ジョン・ケージの楽曲『4分33秒』の秒数とも思えた。〈451〉も紙の発火温度などと似たようなものだった。

文字が見つからなければ絶望し、見つけると今までのものと繫《つな》ぎ合わせ、または単体で意味を探って脳を灼いた。毎晩、盲目になってけたたましい音のする町を彷徨《さまよ》い、何者かに鼻を熱いタオルで塞がれながら窒息する夢をみた。俺は何か答えを与えてくれる文字《ヒント》を持っていそうな女を求め歩いた。疲弊《ひへい》しきった俺はついにイスタンブールの地下鉄トンネルで知り合った宮城県からやってきたという女子大生に全てを告白した。彼女は頸《くび》を絞められながら〝あ！　私、判った〟と呟いた。慌てて頸を放した彼女はバラバラにされても口を利いてくれなかった。彼女は便の詰まった直腸に〈粋〉と漢字で書いていた。

翌日、俺は口が利けなくなった。

トプカプ宮殿とスルタンアフメット・ジャミイの中間に位置する荘厳なイスラム聖堂アヤソフィアにある聖母マリアの手形に触れながら欷泣《ききゅう》していた俺は警備員に確保された。大使館を通じ、疾病事由で強制送還された俺は、一年間を療養所《サナトリウム》で、口から入って尻から出ていく食物を自分がトンネルになった気分で見送りつつ泣き暮らした。

その間、様々なカウンセラーや医者が俺を分析し、批評し、誤解したまま笑顔で去っていった。

そんなとき、俺は散歩に出かけた病院の裏山で本を読みながら段ボールから生きた仔猫を燃えさかるドラム缶にぽつりぽつりと投げ込んでいる白衣の男を見つけた。

「何を読んでいる」

俺の気配に気づいた医師は顔色をまったく変えず、手にした本を掲《かか》げた。

「タニザキだ」細く長い指の間から『陰翳礼讃《いんえいらいさん》』というタイトルがのぞいていた。

それがオギーだった。

「彼はおまえの命題への答えを持っていそうだ。何ものにも代えて知りたがっていた〝問い〟に明確な答えを与えるかもしれん……」

俺は女の文字をそらで憶えていた……12個全て。

礫がそれに対する〔解〕を持ち得ることは不思議ではなかった。問題は俺が奴を意、味、も、な、く嫌っているということだ。この意味もなく嫌うというのは厄介なことだ。何しろ意味がないので、好きにする手だてが絶たれてしまっている。しかし、神は往々にして、このような手技《トリック》を使われる。

最高のものは屢々《しばしば》、最悪の場所に隠してあるのだ。

俺は読みかけの物語を手に取った。

そうすることがこの際には最良のことと思われた。そして、それは当たっていた。

〝そこにはcadeau《カドウー》とあった。〔女の梨〕と呼ばれる子宮の発達した筋肉の壁にそれはあった。「やったぞ！　私は遂に正しい殺人を行えた。神の恩寵に逆らわぬ形で成し遂げる事ができた」雪が女の腑にいくつも降り始めたが、冷えた身体の上では結晶が少しのあいだ彼に賛辞を送るかのように形を崩さずにいた。cadeau《贈り物》。神以外に誰がここにそんな言葉を隠せようか？　そして彼以外の誰が大いなる犠牲を省みず、それを読むことができたのか……〟

二度目の被雷にあったかのように目から入った言葉は俺の脳から前立腺を通って踵《かかと》へ抜けた。

読み間違ったのではないかと俺は三度、同じ所を、三度目は指を一文字、一文字押さえながら読み進んだ。

間違ってはいなかった。

〟彼は耳の裏で神の囁きを聞くことができるようになった。以前は耳で聞いていたのだ。そして本来、人間が使っている耳の穴では正しい神の声は聞こえなかった。故に彼は獲物を誤る事も多く、〔文字《メッセージ》〕は見つからないこともあった。そんなとき、彼は無益な殺生に身を焼かれるような虚しさを憶えた。虚しさは肉体を腐らせ溶かす澱《よど》んだ風だった。

しかし、彼は神が耳のすぐ裏で囁くことに気づいた。魂を静謐《せいひつ》に保ち、五感の雑音を濾《こ》したままでいるとそれは必ず訪れ、彼に実をもたらした。彼は読んだ……そしてある神の叡知のひとつに触れた。それは時間に関する……〟

物語はそこで途切れていた。

ベッドに横たわったままの俺はストーブの上に置かれた硬貨のように外見とは裏腹に全身が焼け爛《ただ》れたような気分でいた。もし、光速で動けたなら、その場で地球を七周半してみせただろう。それほどのエネルギーが沸き上がっているのに、どうして良いのか判らなかった。汚泥《おでい》の深みにはまってアクセル全開で煙を立てているトラックよりも無意味なことをしていた。

（メルキオールは知っているのか？）

（それとも礫に託すのか？）

（俺にとってどちらがゼノンとなるのか？）

窒息しそうだった。

目から見えない殺人光線を発しながら、部屋を飛び交う蝿を焼こうと首を動かしているとドアが鳴った。俺は小説をしまうと相手が開けるのに備えた。

礫だった。

「来たまえ」

22

礫《さざれ》の案内で俺達は北の森に入った。そこは今まで足を踏み入れたことの無い場所だった。

「蒼い顔をしていたな」

「怖い夢を見たもんでね」

礫の懐中電灯がふらふらと足下を照らしていたが、枝が顔に喰いつくのまではカバーできなかった。俺は腰が悲鳴を上げるのを我慢して背を丸めて進んだ。

そこは美和が温泉掘りをしている反対側の斜面であり、細い川が流れていた。

「充分に汚染されている。足下に気をつけるのだ」礫は河原に出ると器用に足を運んでいった。

ごつごつした白っぽい石が転がるだけの河原は殺風景ではあったが、却《かえ》ってそれが俺の混乱した気分を落ち着かせていた。

歩き始めて一時間ほどして礫は足を止めた。

月光が全てを明るく照らしていた。

巨岩が迫り出していて、向こうへ行くには回り込まねばならなかった。川も大きく蛇行《だこう》していた。

「その裏に小さな洞窟状の洞《ほら》がある。その前だ」礫は懐中電灯を消した。

俺達は足を挫《くじ》かないようにノロノロと向こう側に回った。

人がいた。

正確には少女が普通乗用車ほどもある一枚岩の上に横たわっていた。

(あれは？)と俺が見返すと礫は微笑んだ。不気味なことにそれは年相応の少年の笑みに見えた。
十七、八に見える少女は長いコートを開くような格好で仰向けになっていた。衣服が喉元から股間まで両断されているので白々した皮膚の上で陰毛が黒く燃え立つように空を向いていた。
陰毛から上はこれも喉元まで切断され、腹部と胸郭の中身はほぼ露出していた。

少女は解剖の途中で放り出されていた。

「おまえがしたのか」

「いいや。思索のため、散歩している途中で発見した」

少女の身体の内側には小さな羽状のものがキラキラしていた。クリップだった。

「主な静動脈《じょうどうみゃく》や体液管、神経が留めてある。実行者はかなり医学的知識があるようだ」

礫は呟くとナップザックのなかから三脚とビデオカメラを取り出し、少女に向けてセットした。「この画角からはこちらにいる我々の姿は入らない。彼女の様子だけが収録されるはずだ。オギーに渡してくれ」

「ちょっと待て、そう簡単にはいかないぞ。カメラはおまえが回す。そうでなければ俺は帰る」

「よかろう。それならば私も入らない。撮影は私が行う。君は背後に回っていたまえ」

礫は手早く少女の姿を撮影して回った。俺は画角に撮られぬよう奴の背中にひっついていた。

「早くしたらどうだ。誰かに見られるぞ」

「この時間にこの辺《あた》りを徘徊する可能性のある住民は五名。彼らの四人は丁度、山林管理の技術研修で昨日から出ている。ひとりは妻が臨月なので隣町の産院に詰めている。また彼ら以外に通りかかる人間は車を使う。それはこの大岩が遮蔽《しゃへい》となって林道からは見通せない。しかも、この深夜にそれ以外のアプローチでやってくる人間の可能性は１／２８５

６１。これはかのバビロニアン・テーブル第一項のピタゴラス数に登場する値だ。実に興味深い。何かが我々を導いたように感じないか、１２《トウエルブ》」

「数学は数Iしか取らなかったものでね。だが、この子の両親は尻《けつ》から火を噴いてるだろう」

　礫はやっとカメラを下ろした。

「無知は不幸だが哀しむことはない。残念ながらこれほど清純そうに見える彼女はポーチのなかにこれを持っていた」礫は掌に小さなビニールの小袋を見せた。「この白い粉末は塩酸メタンフェタミン。もしくは硫酸アンフェタミンと思われる」

「覚醒剤《シャブ》の分包《パケ》か」

「まさに環境汚染よりも精神汚染を憂うべしだ。他人事ながら傷ましい事実だな。娘が失踪して君の言《げん》を借りるとすれば〝尻から火を噴く〟保護者は、被保護者にも日頃から目を行き届かせているものだろう。彼らにとって二十四時間以内の行方不明ならば散歩のうちさ。本来ならば彼女のインタビューも収めたいところだが、君の警戒心を尊重しよう。編集後にテープは渡そう」

「やはりおまえだな。礫」俺は手近の岩に腰を下ろした。

　礫はカメラと三脚をしまうと一旦、月を確認するかのように空を見上げ、また俺に視線者があるとすれば、それは彼だ。白痴の気まぐれが過去の記憶を頼りに解体したが、途中で飽きたか夜中の蝶でも追っていったのかもしれん」礫はそう言うと少女のもとに屈み込み、耳のなかにそっと、しかし思ったよりも長々しく息を吹き込んだ。

するとと閉じられていた少女の瞼《まぶた》が痙攣《けいれん》を始め、それがゆっくりと開いた。

「おはよう」礫は少女に微笑んだ。

「ああ、どうも」少女は囁くような声で応えた。「なんか寒い……」

「腑《はらわた》が丸出しだから」礫は少女の首の下に手を入れると少し持ち上げた。

裂かれた皮膚がパンタグラフのように捩《ねじ》れると月光で体内《なか》のクリップが星のように煌《きら》めいた。

「あ、カワイイ」光に気づいた少女が臓器の詰まった黒い穴を見つめていた。「夜の湖みたい」

「ほら、あまり無理をするとこの地球《ほし》にいられる時間が少なくなる」礫は彼女を元の位置に戻した。

「こちらが12《トウエルブ》」礫は彼女に俺を紹介した。

「12《トウエルブ》。この場所はメルキオールのお気に入りだ。私の確率を覆《くつがえ》し、ここに立ち入るを戻した。

「僕たちは、さっき紹介しあったんだ」礫は少女の髪を優しく撫でた。「この子はキキ」

「こんばんは」俺は軽く頭を下げた。

「12《トゥエルブ》は人殺しなんだ。自分より弱い人間ばかりを狙って酷《ひど》い目に遭わせるのが好きなんだよ」

「あら、人間の屑《くず》ね」

「どうやら、お邪魔のようだな」俺は腰を上げかけた。

「良いのよ、気にしないで……。私の周りは善人ばかりで退屈だったの」

礫は俺を見上げ、肩を竦《すく》めた。ソープドラマに出てくるポーズだ。

「それならば、キキ。俺も率直に聞きたいんだが……どんな気分なんだ。その……痛みとか哀しみとかそういったものは」

「哀しくはないわ。痛みは礫が取ってくれた。今は静かに沈んでいく感じ。さっきからずっと静かに海の底に沈んでいってる感じが続いているの……まだ底には着いてない」

いくら出血を抑えたとはいえ一枚岩は血塗れだった。溶けたチョコのようにゆっくりと重い液体が岩全体を逆さに伏せた王冠のように飾り続け、キキの言葉通り、魂は徐々に墜《お》ちているようだった。

キキはゆっくりと死んでいた。

目の前で礫は大振りの鋏《はさみ》を使ってキキの体内から掃除機のホース状のものを取り出した。

「腸さ」キキに（それは何）と尋ねられた礫が答えた。「汚い物はみんなここに詰まっている」

「取って。取ってよ……ぜんぶ」

「全部、取ったよ」礫は棚卸しにかかる店主のようにキキのなかに腕を沈めると、肘まで赤く染めて肉の管《ホース》を引き抜いた。

引き抜く瞬間、キキが悲鳴とも歓喜ともつかぬ声を挙げた。

「今、凄い感じがしたの。身体のなかを全部、吸引されたような裏返ったような……。遊園地でこんな感覚があったわ……揺れる大きな船に乗ったとき。でも、それよりももっと強烈」

突然、キキは失禁した。飛沫が陰毛の間から狂った蜂のようにあちこち飛び回るのが見えた。

俺は何か言おうとしたが、礫は（黙って）という具合に人差し指を唇《くち》に当てた。

「なにか音がしたけど……」

「誰かが迎えに来たかな？」礫はキキに接吻《キス》をした。

「明日は何しようかな……」

「明日、考えることだね」

するとキキは聞いたことのない唄を始めた。

「それは何だい」唄が途切れたところで礫が訊いた。

「判らない。ただ身体を通っていったの。向こうからやってきた唄だったわ」キキは川上《かわかみ》を指さした。

そちらには暗い森が在るだけだった。

再び礫がキキの体内に手を差し込んだ途端、キキがゲラゲラと笑い出した。

「脊髄に沿った神経叢《そう》を刺激した」礫が呟いた。

キキは吐き戻しそうに笑っていた。胃と肺、膵臓や肝臓が割れた体腔から煮えるように踊っていた。キキの唇から項《うなじ》に向かい、ひと筋の血が零《こぼ》れ伝わった。

礫がどこかを刺激する度にキキはゲームのキャラクターのように笑ったり、泣いたり、顰《しか》めっ面《つら》をしたり様々な表情を見せた。

「ああ、疲れた」礫が離れるとキキが呟いた。裂けた胸が波うっていた、こちらを向いた幼い乳房が上下していた。「良い夜だわ」

「本当だね」礫が応えた。

「星が綺麗だし……いいわ、こういう夜」

俺達は暫《しばら》く何も喋らなかった。それぞれが山の静寂を楽しんでいるように思えた。

「私は判っているのよ12《トウエルブ》。彼女たちもね」キキが口を開いた。

「何をだ」

「生きているうちは、あなたは私たちを怖がらせたけれど、死ねば、今度は私たちがあなたを怖がらせる番になるのよ。彼女たちはみんなそれを知って死んだわ」

「俺は誰も怖がらせたりはしないよ。礫はでまかせを言ってるんだ」

「décalogue《デカローグ》」不意にバリトンが響いた。声はキキの唇《くち》から出たようだった。

俺と礫はその瞬間だけ、まるで仲間同士のように互いを見つめ合い、直ぐまたキキに戻した。

「キキ。そこにいるのかい?」

「うん」

「いま、話したのは君だね」俺はキキの虹彩を確認するかのように瞳を覗き込んだ。

「貸したの」

「貸した? 誰に」

「12《トウエルブ》に用事がある人」

「どんな人だ」

キキは人差し指を歯に押し当てるようにして笑った。「12《トウエルブ》は誰が待っているか知らないのよ」

「誰が待ってるっていうんだ」

「世界一慈悲深く、宇宙一残酷な人」

「俺が死ぬときにそいつはやってくるんだな」

「何も知らないのよ……馬鹿ねぇ」

「そいつに話がある。替わってくれ」

「いやよ。あなたは地球《ここ》とはとても思えない地球《ここ》のどこかで氷河のように時間をかけて死ぬわ。生きながら肝臓を鷲《わし》に啄《ついば》まれたコーカサス山のプロメテウスが羨《うらや》ましく思えるでしょう」

「代わりにおまえの時間を減らすのはどうだ」俺は葡萄酒《キャンティ》のような暗褐色に震えているキキの肺の脇に手を差し込むと心臓をじかに摑んだ。「ヤク中の林檎《りんご》を潰すのはわけもない」

背中越しに礫が口笛を鳴らすのが聞こえた。

「まだ穴だらけだ。欠番が多すぎる。見落としも多いな」キキがバリトンで応えた。

「誤植・落丁は版元の責任だぜ」

「ℵ0《アレフ・ゼロ》で待つ」

気がつくと俺はキキに差し入れていた手を礫に引き抜かれていた。

「あれは何という意味だ。キキが最期に言った……あれは」

「僕はテレポートもせず、ずっと此処《ここ》にいたけれど、あんたは何も話していない。キキも然りだ。君は突然、立ち上がり、キキに腕を突っ込みかき回した」

♪いつまでもぉ。耐えることなくぅ。とおもだちひでいよほおぅ……ああすのひいをゆうめぇ♪

キキが歌い始めた。切れ切れに……でたらめに。そして唄が終わると独り言が続いた。それはガスの減ったコンロのようにポッポッと時折、理解できる言葉が発せられる程度でしかなかった。

〝ええ！　マジ？　そうなんだぁ今日のお料理は……ディズニー……何時いく……ヤバいじゃん〟

「遺言にしては哀しいほど内容が無いものだな」キキの唇《くち》に耳を寄せていた礫が起きあがると硬貨をポケットから出してキキの両瞼《りょうまぶた》に置いた。

キキは全身を小刻みに震わせていた。

「なあ、礫。ℵ0《アレフ・ゼロ》とは何だ」

「？　……整数と自然数の加算濃度の事だ。俗に無限と言われる存在だ」

俺が口を開きかけたとき、キキの叫び声が聞こえた。

彼女は一枚岩の上でどういう筋肉の奇跡かがらんどうの半身を起こし、あまつさえ立ち上がろうとしていた。血塗れの乳房が震え、内臓が裂けた胸郭から薫製腸詰《スモーク・ソーセージ》のように揺れて見えた。そして次の瞬間、聞いたこともない厭な音とともに上半身が折れるとキキは身を捻ったまま岩の上に転がった。激突した頭蓋骨が西瓜《すいか》を落としたように足下で鳴った。

「見たことあるかね」

「初めてだ」俺は呟いた。

近寄るとキキの身体は捨てられた雑巾のように絞れていた。

「脊椎《せきつい》だけで支えられるはずもない……」礫が近くの枝を使ってキキの内臓を探ると折れた脊髄が白い管を見せていた。「死に様まで馬鹿らしい娘だ」

「まあ、最期は自殺だって事にしても証明するのは難しそうだ。遺体は隠したほうが良いな」俺は川に腕を肘まで漬けて洗った。

「さようなら、キキ」俺は持ち上げるときに呟いてみた。

キキの顔にはどこから涌いたのか既に沢蟹が集《たか》っており、それぞれ好みの部分に爪を差し込んでいた。

俺と礫はキキを川で充分に濯《すす》いだ後、川から少し上がった林のなかに埋めた。

キキはかなり小さく折り畳む事ができたので、穴を長方形に掘り進む必要がなく助かった。

全てが済むと月光が陰り、ポツリポツリと雨が落ちてきた。

「偶然にも今夜はこの地域で夜間に雨が降る特異日だ」礫は自分だけビニールの雨合羽を着込んだ。「増水すればあの一枚岩自体が水没する。血も脂も組織も全て跡形もなくなるだろう」

23

明け方まで……といってもそれは帰宅してから直ぐのことだったが、俺は礫《さざれ》とメルキオールを天秤《てんびん》に掛け続けていた。雨がトタンを叩く音に耐えきれず俺は階下に降りていった。

礫の地下室のドアは硬く閉ざされていた。メルキオールがポーチに出ていた。

「読んだ。実に興味深い」

「何をだ」

「メルキオールの善根」

雨は辺りを白く染めていた。

メルキオールは苦笑した。

「自分でも出来は気に入っていた……」

「バルタザールは全てデッチ上げで親父の死も澪《みお》の死も、お前と美和との近親姦がそもそもの原因だと言っている」

「なるほど」メルキオールは怒りもせず、ただ遠くを見つめていた。「１２《トウエルブ》。奴《バルタザール》が本格的に君にアプローチしてきたというのなら私に勝ち目はない。きっと拒否できぬ条件を突きつけてきたのだろう。実際のところ私はもう以前の私ではないのだ。復活したといっても不完全な事は日を追うにつれ明白に感じられる。それは知識や判断に残酷に現れている。今が絶頂期《ピーク》を迎えようとする奴には到底、及ぶまいよ。私がこうして意を決しているのは母上のためだ。もし、君が奴につくというのならそれはそれで仕方がない。古代バビロニアですらヒッタイトの猛攻を防ぐことはできなかった。運命《さだめ》には逆らえまい。君に力尽《ちからず》くで協力させる術《すべ》はないのだ」

「いやに物わかりが良くなったものだな」

「ここ数日来、覚醒頻度《ひんど》と覚醒時間が落ちているのだ……」

「夕陽を引き上げることはできない……か」

「君が奴に協力する気なら私が十数えるうちに、ここから消えてくれ」

「ひとりで闘うつもりか」

メルキオールは応えなかった。ただ無言で指をひとつずつ立て、カウントを始めた。

十本が立ち、俺はその場に残っていた。

「ふたつ条件がある」俺は呟いた。「ひとつは礫に俺達の関係を気取られないようにすること。ふたつめは」俺は【メルキオールの善根】を投げ渡した。「ここに書かれている内容に関するものだ」

「というと」

「この主人公は神というか……うむ、うまい言葉が見つからんが、何ものかが彼に不思議なアプローチをかけているな」

「〝そこにはcadeau《カドゥー》とあった〟……だな」

「そうだ。あれは何に着想を得たんだ。単なる思いつきか？　それとも何かの天啓《てんけい》によるものなのか」

「なぜ、それほど気になるのだ」

「私的な興味だ。気にするな。気軽に答えてくれ」

メルキオールは俺に一瞥《いちべつ》をくれると雨に煙《けぶ》る荒れ野を眺め始めた。

俺はフライパンのなかで卵が真っ黒に焦げていくのを待っているような気分だった。

「１２《トウエルブ》、君はいま初めて動揺してみせたな。好ましいぞ」

「やはり、あんたに鎌かけ《ブラフ》は効かんな。あの後、メッセージの主は彼に何をさせようとする。メッセージの全容はどういうものなのだ」

「答えはここに在《あ》る」メルキオールは額を指さした。「しかし、それが君の欲しいものならば、すぐに渡すわけにはいかん」

　メルキオールは俺を制止するように人差し指をたてた。

「１２《トウエルブ》。私は小説を完成させよう。それを君に託す。代わりに君は私に協力するのだ」

　メルキオールは右手を差し出した。俺はそれを握った。


　メルキオールは礫の地下室で俺が見たものの説明を注意深く聞き、合間に質問を差し入れてきた。キキの事は話さなかった。話すべきだったかもしれないが会話の糸口を見つけられなかった。

「最悪だ」メルキオールは嘆息した。「あれを始めるつもりらしい……」

「どういうことだ」

「伯父が禁忌《きんき》に背《そむ》いたことは話したな。その際、研究したのが脳細胞の増殖についてなのだ。生まれたばかりの嬰児《えいじ》の脳細胞は急速な成長を果たす。あまり知られていないが、これを成人の脳で部分移植後に培養する事が可能なのだ」

「自分の脳に移植するのか」

「いや、そうではない。そんな危険を冒すような手段は採用するはずがない。奴《バルタザール》が計画しているのはあくまでも暫時《ざんじ》的対応なのだ。奴が澪を物理補完したのは確かだろう。首はそれ故に発見されていないのだ。奴は革新的な方法を確立するまでを凌《しの》ぐためにこれを使用するのだ」

「どう使うんだ」

「奴が欲しているのは自己の遺伝子の相似《そうじ》的脳細胞だ。それを増殖させ、刈り取る」

メルキオールの言葉に俺は磔の設置していたベッドに装備されていたあぶみ型足載台《フットレスト》を思い出した。

「女を孕《はら》ませて、自分の子供を喰おうって言うのじゃあるまいな」

メルキオールは黙っていた。が、目は頷《うなず》いていた。

「女も既に決まっている。遺伝子的に最も近しい者を孵卵《ふらん》器とするのだ」

ポーチに風が吹いた。屋根のどこかが軋《きし》んだ。メルキオールの腑《はらわた》の音だった。

「美和だな」

「伯父の論文には母親機械《ムッター・マシーネ》と表現してあった。礫は摘出した胎児を適時、頭部切開、脳を摂取《せっしゅ》するつもりだ。しかし、それには問題もある」

「分娩《ぶんべん》か」

「母上の意志がある間は死んでも協力は得られないだろうから、植物状態下での妊娠になるだろう。当然、危険はある。しかし、分娩自体はさほど困難ではない。問題は寧《むし》ろ脳組織の需要と供給のバランスにある」

「今更、こんな事を言うのもなんだが、この地球《ほし》の話ではないようだ」

「私も同感だ。しかし、現実に我々の足下にIQ200を優に越える〝怪物《モンスター》〟は存在し、クォーツ並みの正確さで計画を推進させている。全ては何の予兆もなく始まり、我々が気づいたときには奴の忌まわしい計画の虜囚《りょしゅう》となっているはずだ。奴は完全に、そして徹底的に行う。我々にはそれと気づく自覚症状はまったくなしだ。（いつのまに、こんなことになってしまったんだ）……てなものだ」

「奴が被雷すれば良かったのに」

「12《トゥエルブ》、考えれば考えるほど眩暈《めまい》のする話だが、神は決して耐えられない困難はお与えにならない事も真理だ。我々は団結してこれに対処する。そして道を拓《ひら》く」

「カソリックかい？」

「バルタザールは自己能力に不安を感じた際には直ちに組織を取り込みたいはずだ。しかし、どんなに急《せ》かしても母体の生産能力は限られている。最低でも二百日は待たねばならないし、連続懐妊は母体そのものを破壊してしまう」

「俺なら半分食べて冷凍庫におくね」

「脳組織のどのエッセンスが薬効となっているか不明なのだ。そんなぞんざいな方法は選択できない。あるがままの環境に近い状態での保存を目指すのさ」

「どういうことだ」

「君が見たもうひとつのベッドにあったというのは、こんな物ではなかったかね」

メルキオールは砂の上に俺が見た〝夢の帽子〟を描いた。

簡単な球形をした鉄格子のそれはイエスの茨《いばら》の冠《かんむり》ミレニアム版といった雰囲気だった。

「まさしく」

「これは stereotaxic《ステレオタクシック》 apparatus《アパラタス》。脳定位固定装置といわれる脳手術には欠かせない器具だ。これにより脳が定位置に固定されることとなり、脳の各部位は基準点に対し、x、y、zの各三次元座標の点として表される。いわば脳の立体地図ができるのだ。主にロボトミー手術で活躍したのだが、脳室への応用も可能だ。そして新生児の脳を最も切除時の状態で保存可能なのも、その脳室なのだ」

「移植だけなら身体の別の部位に定着させたほうが、ずっとリスクは少ないはずだ」

「違うな。脳はまず頭蓋骨によって物理的に保護されている。次に脳はその脳血液関門によって科学的にも安定した環境が守られている。血液中に投薬による異常な化学物質が溶け込んでも通常、この関門が防御壁となって脳髄液には入り込まない。脳は身体状況からも自動的に隔離される。酸素供給は抜群だし、白血球が簡単に血液から入り込まないのもメリットとして大きい。移植時の拒絶反応の多くは白血球内のリンパ球によるものだからだ。奴は好きなときに定位装置を使って開けた頭部の穴に胎児の脳の未食部分を保存し、必要なときに取り出す。しかも、巧《うま》く生着すれば恒久的保存、並びに増殖の可能性さえある」

「驚いたな」

「奴が狙っているのはここだ。視床下部脇の第三脳室脈絡叢。ここが血管の集まる場所であり、脳脊髄液の噴出口がある。ここへの生着率が最も高い」

「しかし、それではもうひとり必要だ」

「既に産まれながらにして彼の駒は揃っている……見事なものだよ」

メルキオールは自分の禿頭をぬらりと撫で上げた。

24

「やっと温泉が出たの。知ってるんでしょ？　礫《さざれ》に聞いたわ」

風呂上がりの美和は髪をタオルでアップにさせたまま廊下ですれ違った俺に話しかけてきた。

「温度はまだ低めだけど試掘段階では充分。成分が合致したの。これからスポンサーを募《つの》って本格的に掘削《くっさく》に入るわ」

「それは良かった」俺は部屋に戻った。

「もう、あの話は聞かなくて良いの？」気がつくと美和がついてきていた。

「ちょっとカセットの調子が悪くてな」

あれから礫は昼食を済ませると自室に籠《こ》もったままになっていて、メルキオールは朔太郎《さくたろう》になったまま夕食に厚さ二センチほどの牛フィレ肉を四枚重ねた上へ、マルサラ酒を混ぜた肉汁《グレイヴィー》をどくどくかけて焼き上げたものを満足げに俺と礫を除いた皆（当然、美和と自分しかいないが、本人は全員に分け与えた気分でいるようだったので俺も貰ったようなふりをした）に振る舞い、その後、やはり部屋に籠もってしまった。

「最近、子供達とこそこそしてるわね。あれは、なに？」

「いろいろ……チビ達はチビ達で将来のことを考えているんだろう」

「なら、あたしにまず相談するべきだわ」

「女親には言いにくいこともあるだろうさ」

「そう。彼らはそうだろうけれど……あなたにはあたしに報告する義務があるわよ」

「彼らがどう思うかな」

美和は部屋を横切ると窓辺に凭《もた》れた。雨は夕方で止み、月光が差し込んでいた。

どこかで見たような既視感《デジャヴ》的光景だった。

「渡さないわよ……」美和はどこから取り出したのか煙草を唇《くち》にしていた。「誰にも渡さない」

硬い音が響き、美和はライターの火を顔に近づけた。煙草の先端から髪を焼くような音がたち、美和は煙を吐き出した。

「保護司、警官、教師、児童相談所の役人、保健婦いろんな人間が腕まくりして家庭《うち》を解体しにやってきたけど、あたしはその全てを撥《は》ねつけてやったの……みんなね。だから、あなたが何か魂胆《こんたん》があってあたしとあの子達を引き離そうとしているなら不可能だということを知っておいて欲しいの」

「でも臭い飯を喰ってるあいだは離れていたじゃないか」

「確かにあれは最悪の時期だったわ。でもね、あたしはバラバラになった欠片《かけら》をまた拾い集めて繋《つな》いだのよ。もう同じ事はさせないわ」

「ふたり忘れてる。澪《みお》と旦那は蟲《むし》の餌になっちまってる」

美和が咎《とが》めるような視線を送ってきた。

「あなたは、いったいどんな家に産まれたの?」

「召使いはいなかったが、大きな庭があって暖炉があって、図書室がついていたよ」

「でも、親子の交流はなかったみたいね。普通はあなたみたいには生きられないもの」

「どういうことだ」

「自分の言いたいことだけ卑近な表現を使って世の中は渡れないわ。世の中の仕組みを知らない赤ん坊がそのまま大きくなったみたいな、あなたの姿は不快だし、不気味だわ」

「そうかもしれん。いまや、俺はその仕組みそのものに興味がある。ちなみにあんたの温泉は身体に効くのかい」

「一応、ナトリウム——炭酸水素塩泉ということになるでしょうけれど、温度が二十一度と少し低いの。でも本格的に掘り進んで毎分二十七リットル程度の産湯量になれば安心だわ。自信はあるの。どんな使い方になるかはスポンサー次第ね」

「権利を譲渡するんだな」

「貸すのよ」

　とそのとき、俺の両目から涙が溢れ出した。

「どうしたの?」

「知らん。年に数回、こういうことが起きる。昔は驚きもしたが、いまは場所と一緒にいる人間に遠慮がなければ放っておくことにしている。気にしないでくれ。五分程度でおさまる」

「真夏のスプリンクラーみたいなものね。しゅっしゅっしゅっしゅ」美和は指を回した。

「屋根裏の書き付けを読んだ。メルキオールとか、いろいろ……。あんたはどう思ってるんだ」

「そのことはあまり話したくないわ。厭《いや》な事ばかり。まるで蟻の巣をついたみたい。次から次へと変な話が出てくるの」

「しかし、朔太郎《さくたろう》は変化しただろう」

「あの当時、私は混乱していたの。お医者からははっきりした答えが貰えなかったし、夫も死んだわ。礫は感染症だと言ってた。これは後になってだけど、朔太郎が病気になったとき礫はまだ八歳だったから」

「旦那は朔太郎の白痴化を知っていたんだな」

美和は頷《うなず》いた。

「何も説明は無かったんだ」

「あの人は朔太郎のことが酷《ひど》くショックだったみたいで、家に居ても殆《ほとん》ど部屋から出てこなくなってしまったのよ。充分な説明なんか無かった」

「あれは朔太郎自身の筆跡なんだな」

「あの子は私と暮らした頃から繊細で何かいつも思い詰めたようなところがあって、心を開いた関係とは言えなかったわね。無礼な事はひとつもする子じゃなかったけれど、他人行儀な部分は消えなかった。でも、私はあの子を礫同様に愛していたわ。今も」

「今のほうが気さくだし……な」

「あたしは養護施設で育ったのよ。両親はいたのに……父の酒乱と母の浪費で家庭が壊れてしまって一時保護されていたの。五歳のときから十二年保護されていたのよ。そのあいだ父は一度も面会に来なかったし、母は二年に一度、知らない男の車でやってくるだけだった。それも私の保護願いを更新するためにやってきたの。自分の娘を施設に突っ込んでおく書類を作るためにくるの」美和は月に挑《いど》むように顔を向けた。「友達の親は死んでしまったり、行方不明だったりする子ばかりだった。でもあの子達はみんな〝謝られていた〟のよ。御免ね……ひとりで残してとか、御免ね……いつか迎えに来るからねって。だから、友達はみんな自分の親がほんとは自分と一緒に暮らしたかったんだって思えるのよ。でもね、私の親はいつも笑ってたわ。元気出さなきゃ駄目よって。あっちの施設こっちの施設へピンボール……殺してやりたかった」

俺は黙っていた。涙は止まっていなかった。不意に美和が振り向いた。俺は情緒《じょうちょ》的に泣いていると見られるのではないかと怖くなり、手で目元を拭《ふ》いた。しかしまったく、効果なく涙は指のあいだを伝っていった。

「ずいぶん、出るのね」美和は微笑むと、私が座っているベッドへと近づいてきた。「あなたもやっぱり人間なんだわ」

「涙ぐらいで買いかぶるな。涙だけなら海亀でも流す」

「男の人の涙は二度目」美和は俺の前にしゃがんだ。胸元から柔らかく健康そうな乳房が見えた。「主人と……」

不意に俺の唇が美和のそれと重なった。一瞬だったが驚いて身を引く間がなかった。そんな風にキスをしたことは無かった。俺のキスはいつも悲鳴と嘆きがBGMになっていた。

「これはあたしが自分のためにした事。あなたには何の意味も無いこと……それを忘れないで。あなたならできるでしょう」美和は立ち上がると出て行った。

俺は胸元が竈《かまど》に放り込まれたような気がし、早く忘れてしまおうと【メルキオールの善根】を取り出した。

「単に始末するだけでは満足できん」夜更けて忍び込んできたメルキオールは囁《ささや》いた。「奴には母上と澪が味わった相応の罰を償《つぐな》わせなければならん」

「書けたのか？」

「本日は覚醒回数がぐっと減ってしまった」メルキオールは右腕を差し出した。そこには三本線が並んでいた。「三度だけだ。しかも、覚醒時間も限られてきた」

「目立つようなことはしないはずじゃなかったのか」

「朔太郎から戻ったときの記憶が散らばり始めた。以前はメモも隠しておき、後に場所を探せたが、今は隠したこと自体が消えている」メルキオールは歯ぎしりした。「12《トウエルブ》。時間がない。私の脳に作用した電気的な力は費《つい》えかかっている。時間がないのだ……」

「何時《いつ》やるんだ」

「明日」メルキオールは立ち上がった。「説明する」

俺達はキッチンに降りた。

「ここは朔太郎にとっても重要な場所だ。勿論《もちろん》、母上にとっても……。家族が集《つど》う場所だからな」メルキオールは壁に並んだ巨大な食器棚のひとつに近づき、天板に留めてある要石《キーストーン》に触れた。「この食器棚は父上が選ばれた。とても温かく、品位《ディグニティー》のある人物だった」

「樫かな、出来は良さそうだ。細工が凝ってる」

メルキオールは棚の下部にある凸部に手を添えた。電気は点けていなかったが、腕が膨らみ、血管が出現するのが判った。

「それひとりで動くのか」

「私にはできた」

その言葉通り、食器棚はゆっくりと移動し、やがて大人がどうにか入り込める程度の隙《すき》間《ま》が生まれた。そこには縦にはめ込まれた細い壁板があった。メルキオールはそこへ腕を突っ込むと呻《うめ》き声をあげた。やがて軽い音がし、体勢を戻した奴の手には壁板が二枚握られていた。

俺はなかを覗いた。壁に穴が開いていた。

「このキッチンと隣の部屋との壁はこの家の荷重を支える基礎ともなっている。故《ゆえ》に他の壁面に比べ、厚い。幅三十センチ程度は強度ぎりぎり取れる」

「それで？」

「バルタザールを生きたまま埋め込む」メルキオールは取り出した壁板を指した。

「奴の目に当たる部分に穴を開けた。奴はここからキッチンの様子を見ることができる。壁に埋められた奴は母と私の生活を手の届く場所から眺めながら死ぬのだ。勿論、すぐには殺さん」

俺が感心したような顔をするとメルキオールは板を戻し、再び食器棚を移動させ元通りにした。

「どうだ」

「まるで『黒猫』だな」

「それがバルタザールに私が初めて原著で読ませ教えた、最初で最後の本だ。我々にとっての記念でもある。私はこの穴に合致する箱を製作した。内部には金具の固定装置と二リットルのペットボトルをふたつ。片方には水を入れておく、水を詰めたものにはチューブがあり、それは礫が最大限動かせる首の移動によりくわえる事が可能だ。水は飲める」

「もう一方には何が入ってるんだ」

「空だ。今はな……だが、全てが始まれば直ぐにそこにはバルタザール自身が作った尿が溜まる。このボトルにも同様のチューブがあり、口元まで伸びる」

「水が無くなったら、飲み物はそれしかなくなるな」

「たまには私が様子を見て新鮮な水を補給したり食事をさせよう。流動食、程度だがね」

「しかし、あんたが消え、朔太郎だけになったらどうする」

「Que《ケ》・sera《セラ》, sera《セラ》」メルキオールは両腕を伸ばして肩を鳴らした。「本来ならば、もっと別の有意義な付き合い方ができたのかもしれん……そう思うと虚《むな》しくもある」

「一生かかっても数え切れないような物凄く大きな数字にゼロを掛けたようだな」

「変な比喩《たとえ》だ」

「それは良いが……【メルキオールの善根《あれ》】は書けよ。男と男の約束だぞ」

「判ってる。ただ……相応の時間はかかる」

「それは物理時間じゃなく、あんたのなかの内的時間だろう」

「明日、ここから一キロ先にある飼料倉庫にバルタザールを呼び出す。君は私との打ち合わせ後、奴を連れてくるのだ。朔太郎から私が戻ったとき、実行開始だ」

「どうして？　ここで寝込みを襲えばいいじゃないか」

「装置はそこにある。それに失神させた後、尿道にカテーテルを挿入する作業もある……。いや、それは正直ではないな……やはり、ここではやりたくない。気分の問題だ」

「死ぬのは眺めても、襲うのは嫌か……。理性がそう言っているのか」

「いや。品位《ディグニティー》だ」

25

黒猫作戦《オペラツィオーン・シュヴァルツェ・カッツェ》は順調に進んだ。

メルキオールが指定した飼料倉庫は今は廃墟となっていたが、奴が望んだシステムは健在だった。それは飼料を配送するトラックが到着するターミナル部のことで、一階に到着したトラックに二階から飼料袋を落とせるようになっていた。そこは綱を引くと床に備え付けられた蓋が開き、二メートル四方の穴が開く。綱を戻せば蓋が閉まるという単純なものだった。

「君はここにバルタザールを誘導する。私はあの壁の裏にある操作室で綱を引く」古いカーペットで落とし戸を隠したメルキオールは言った。

「俺まで落とすなよ」

「カーペットの際《きわ》で止まれば問題ない。なかに入ると彼の落下に巻き込まれる。注意したまえ」

その朝、朝食が旨かったので朔太郎《さくたろう》だと思って声を掛けるとメルキオールだった。

「驚いたな。上達したものだ」

「学習能力に於《お》いてはひけは取らない」流し台《シンク》をスポンジで撫でながら奴は笑った。

それからずっと朔太郎はメルキオールのままだった。

「下に落下したバルタザールはカーペットによって袋状に吊される」メルキオールがカーペットの縁を示した。よく見ると周囲に編み込みがある。「天蚕糸《テグス》だ。カーペットの上部を括《くく》る。彼を宙づりにした後、私は奴に罪状を伝え、黒猫の刑を宣告する」

「殴って気絶させたほうが確実だし、早い」

「12《トウエルブ》。私は彼になぜ、禁忌《きんき》を犯したのかを訊きたい。そして澪《みお》を殺害したということを認めさせたい。それにより彼は改悛《かいしゅん》し、魂の救済が得られるだろう」

「妙にベタついた主義を通そうとするところは物書きらしい」

「宣告後、袋を殴り奴を失神させる。そしてこの箱に入れる」メルキオールが傍らの箱に近づき蓋を開けた。「失神を確認後、ここに詰める」

それは長さ百六十、幅五十、厚さ三十センチほどの長方形の棺桶《かんおけ》だった。内側には消音材のつもりなのかスポンジがあり、監禁に必要な手錠と足鎖も見えた。足下の両脇に〈おいしい水〉と描かれたペットボトルが二本。ビニールの管が伸びていた。

俺が内部を確認したのを見るとメルキオールは蓋を閉めた。

「奴がカーペットの中心に立ったら合図をしろ」

「どうするんだ」

「くしゃみをしろ。だが……奴が定位置につく前にするなよ」

「それじゃコントだ」俺は操作室を見た。階段を上がり、この位置に立つと正面右手にそれはあった。板で急造りされた小部屋だ。「あんたはあそこから見ているんだな」

「もう行け」メルキオールは頷くと自分の手を見つめた。僅《わず》かにそれは震えて見えた。

「昨日から朔太郎に変化していない。身体は私でいられるエネルギーを今や大量に消費している。時間がない」

「もし、ここに連れてきてあんたが居なかったらどうする」

「作戦は延長する。次回に期待を繋《つな》ぐ」

「繋げるか?」

「たぶんな……」

俺は了解という風に手を挙げると歩き始めた。

「12《トゥエルブ》」メルキオールが声を掛けた。

「なんだ」

「首尾良く事が済んだら、君は時期を見て出て行く」

「あんたの宿題と共に……そのつもりだ」

「私を殺せ」

「礫《さざれ》を見物するんじゃないのか」

「そのつもりだ……だから、もう一度戻ってこい。私のために」メルキオールは俺を見つめた。「私は礫の部屋に遺書を残しておく……」

　風が出てきた。

「もし、あんたがそう望むなら」

「有難《ありがた》い……もう行け」

　俺は倉庫を出た。


　礫を地下室から連れ出すのは困難だと思われたが、何かに没頭していた奴は〝私も気晴らしをしよう〟と散歩かたがた話があるという俺の言葉に乗ってきた。

「実はテープの事なんだが」俺が口にすると礫は手にした小さな包みを差し出した。

「これがそうだ。君に渡しておく。オギーに送ると良い……。君の姿も私の姿も映っていない。その分、妙味に欠けるが当面の手土産としては上々だ」

「その必要はない。内容は複製《コピー》かどうかを含めてオギー達が行うはずだ」

「確認したいが」

俺はテープをポケットにしまった。

「ところで12《トウエルブ》、君は〃モンテ・クリスト伯症候群〃を知っているか?」

「いや」

「デュマの書いた『モンテ・クリスト伯』のなかにノアルティエというある政党の幹部が登場する。彼はとても頭脳明晰であったが、ある日、脳血栓に見舞われ、瞬《まばた》き以外の意志表示が一切できなくなってしまう。彼は悲嘆の余り自己の殻《から》に閉じこもってしまうのだ」

「でも、それは物語だろう」

「実際にこの種の病気は存在する。別名〔ロックド・イン症候群〕。意識は明晰でありながら、瞬き以外、何ひとつできなくなる」

「それでロックド・イン《閉じ籠もり》か」

「そうだ。私は朔太郎をロックド・インする」礫は振り向き笑った。

「どうやって」

「ロックド・インの多くは脳梗塞《こうそく》で発生する。脳底動脈という脳幹に血液を送り込む血管を詰まらせれば、この血管に集中してきている全運動神経叢が数分を待たずに破壊され、その蘇生は不可逆となる」

「そんなに巧《うま》くいくのか」

「血栓を作ることは難しいことではない。但し、それがどこで詰まるかが問題だ。そこで脳底動脈上において初めて血管経より大きく成長する血栓を育てる。ある種のアミノ酸がそれに応えるのだ。これを頸動脈から注入し、血栓の成長を漸次《ぜんじ》、促進させる。計測させ問題なければ何の問題もない。この方法ならば、たとえロックド・インされずとも奴の運動機能には重大な障害が発生する」

「そんなことより一気に殺したらどうだ」

「12《トウエルブ》。私は奴を居間に飾りたいのだよ。私は毎日、安楽椅子に載せた奴に挨拶し、如何《いか》に人生を楽しんでいるかを説いて聞かせる。奴の前には巨大な姿見を置こう。流動食におむつを履かせられ、痩せ衰えていく姿が確認できるように……。ゆっくりゆっくりと私と同じ時をかけて死んでいって貰いたいのだ。最期のときには、白痴は白痴なりに〝俺の人生は何だったんだ〟と嘆息させてみたい……。死因が〔絶望〕と明記できるような生き方を彼にはさせたい。12《トウエルブ》、実はこの薬品は既に手中にあるのだ。数カ月前に完成させた。君がいれば成功する」

「おふくろさんが黙っていないだろうよ」

「ああ、大丈夫だ。彼女の事は考えてある」礫は退屈そうな顔になった。

「だが、注射だけなら、あんたひとりで寝込みを襲ってできるじゃないか」

「そうはいかん。注射は二度必要なのだ。一度目は薬液を、二つ目は促進剤をそれぞれ頸動脈に近い部位に打ち込まなければならん。まさか君はあの白痴が一度目の注射の後、ガンジーよろしく為《な》すが儘《まま》になっていると思うのか？　奴は藁《わら》よりも容易《たやす》く私の頸骨を砕けるのだぞ。抑え込むのが君の役目だ」

気がつくと飼料倉庫が迫っていた。

「あそこの二階で昨日、何かが光ったんだ」

「なるほど」

「誰かが俺達を監視しているということは無いだろうな」

「調べてみよう」礫は呟いた。

26

なかに入ると、メルキオールは見事なまでに気配を消していた。

俺と礫《さざれ》は古びて触れると塗装が粉になるような手摺《てすり》を伝って二階に上がった。

カーペットがあり、割れた窓から吹き込む風と朔太郎が昨日から繋《つな》ぎっ放しにしている犬の遠吠えが同時に聞こえていた。

「ここに誰か居たようだな」

礫が俺より先にカーペットに近づいた。

そのとき、右手の操作室にメルキオールの影が見えた。奴は〝準備ができた〟とでも言いたげに片手を軽く上げてみせた。

「ここからならそう大きくない望遠でも家《うち》は臨《のぞ》めるな。光ったのは何時頃だ、12《トウエルブ》」礫はカーペットから離れると窓辺に近づいた。

「夜中だ。雨が完全に上がって地面が乾き始めていたからな」

「オギーは君を監視させることがあるか」

「たまに」

「しかし」礫は腕を組んだ。「あの警官かもしれん」

「あいつは嫌な奴だな」

「成長に失敗した見本のような人間だ」礫は腕を解くと距離を計るように窓から離れた。

「そこに何か落ちていないかな」俺はカーペットの中央を指さした。

「なに？」カーペットの端に立っていた礫が真ん中に移動した。どんぴしゃりの位置だった。

俺はくしゃみをした。

「風邪か」礫が人差し指と中指を交差《クロス》させた。「気をつけろ。風邪は集中力を散漫にさせる」

俺は激しく、くしゃみをした。

「大丈夫か。芝居みたいなくしゃみだったぞ」礫は苦笑した。

俺は落とし戸の開閉を確認しなかったことを思いだし、よもや掛け金や蝶番《ちょうつがい》が錆び付いているのではないかと思い、思いっきりくしゃみをすると同時にジャンプしてカーペットの縁を蹴り込んだ。

「見苦しい男だ。自己管理すらできんのか……」礫は舌打ちすると苦々しい顔でカーペットから出た。「母親《あの女》からアスピリンでも貰うと良い。早く治せ。実行日は近い」

「先に行っていてくれ。俺は……このカーペットを貰っていく」

「勝手にしろ。手伝わんぞ」礫は階段を下りていった。

思わず力《りき》んだせいか鼻に触れると血が出ていた。俺はティッシュを鼻に詰めながら、礫が遠ざかるのを見届けた。奴は雑草のなかを泳ぐように離れていった。

俺は操作室に向かった。

「どうしたんだ」なかを覗くとメルキオールがこちらに背を向けしゃがんでいた。「メルキオール！」

俺の言葉に奴は振り向いた。股間に伸ばした指の間から、扱《しご》かれ膨らんだペニスがのぞいていた。

「ここは部屋だよトゥーブ。ちゃんと部屋でやってるでしょ。庭じゃないじゃん」

朔太郎は頬を膨らませ、俺の闖入《ちんにゅう》を咎《とが》めていた。

十二時間後、俺とメルキオールはポーチに居た。

パジャマ姿になった礫が美和の手前、「12《トゥエルブ》さん。夜風は身体に毒ですよ」と声をかけに来たが、手を振って相手にしなかった。

星が流れるのをみっつまで数えると庭に下りる階段《ステップ》の付近から声がした。

「なにがあった、12《トゥエルブ》」

俺は黙っていた。

メルキオールは沈痛な顔をしていた。

「奴はぴんぴんしている……失敗したな」

俺は頷《うなず》いた。

「私のミスだな」

俺は頷いた。

「何をしたのだ」

「聞かないほうが良い」メルキオールは溜息をつくと階段《ステップ》に腰を下ろした。

その瞬間、どすんと腹を持ち上げられるような衝撃が来ると家が左右に揺すられた。

「……地震だ」メルキオールが呟《つぶや》いた。

揺れは長く続いた。暗いキッチンで音を立てていた食器が遂に落ちて割れる音に変わった。

そして立ち上がりかけた途端に突然、おさまった。

寝ていた犬が狂ったように吠え始め、屋根のトタンが大袈裟《げさ》な音をたてていた。

「やはり……難しいものだな」空を見上げていたメルキオールは俺に視線を戻した。

「あんた、ほんとは心の底ではやりたくないんだ。それが肝心なときに朔《や》太郎を登場させる原因なんじゃないのか。口で言うほど憎んでるわけじゃないのさ」

「そんなことはない……ただ義務感でそう努めようとしているのかもしれん。自分以外に鉄槌《てっつい》を下せる者はおらん」

「善人ぶって悠長な事は言ってられないぜ。バルタザールが何もしないと思っているのか」

「彼も計画しているのか」

「あんたを〝生き人形〟にすると言っている。注射で脳梗塞を起こさせるそうだ」

「どうやるんだ」

「詳しくは知らん。ただ頸動脈に二本注射を打ち込むことで達成する。このまんまじゃ、あんたより百倍も奴のほうが分《ぶ》が良いぜ」

「そうだな。彼は躊躇《ちゅうちょ》しない」

「ズリセンもな」

その途端、キッチンに灯りがつくと美和がポーチに飛び出してきた。

「試錘塔《しすいとう》が心配だわ。あなた達も一緒にくるのよ」美和は手早くジャケットを着込むと駆け出していった。すぐにトラックのエンジン音が響き渡った。

俺とメルキオールが行くと既に助手席には礫が乗り込んでいた。

「僕も行くんだ」礫は笑った。

美和は俺とメルキオールに荷台を指さした。

試錘塔は何か絡まったような音を立てていた。

「なんだ夜中も運転させているのか」

「今は岩核《コア》を取らなくて良いからできるの」

美和が運転パネルでスイッチを消した途端、いつもは騒がしいはずの虫や小動物の声は無く、森には耳を圧するような静寂が満ちた。

「珍しいわ。生き物の音がしない」

「地震の後だからな」

美和は俺に懐中電灯を持たせた。

「朔太郎《さくたろう》は私と。礫とあなたは土砂排出用《ドレーン》パイプに異常がないか調べてきて」

礫は俺の手から懐中電灯を素早く取ると先に立って歩き始めた。

試錘塔から蛇腹《じゃばら》になった泥まみれのホースが森の端に向かっていた。

低いうめき声が聞こえたので振り返ると、メルキオールが転倒していた燃料の詰まったドラム缶をひとりで起こしているところだった。

「ホースはこの先で川に向かって排出される。ここまでで支障《ししょう》がなければまず問題ないはずだ」

礫は三百メートルほど進んだところで俺に戻るよう促した。

「温泉が出たそうだ」

俺の言葉に礫は足を止めた。

「いつ」

「昨日、聞いた。近々、スポンサーを見つけて折衝すると言っていた」

「そう巧《うま》く事が進むものか。彼女は地権者の許可は得ていても、県庁への許可は怠《おこた》っている。まあ、無知なのだが。きっとその辺《へん》の足下《あしもと》を見られて二束三文で取り上げられてしまうのがオチだ」

「なんだ、あんたも期待しているのかと思った」

「よしてくれ。あの女に家でジッとしていられるのも迷惑なんでな。適当に玩具《おもちゃ》を与えたまでだ」礫がくぐもった声をあげた。

突然、試錘塔で作業している美和がこちらに光を投げかけてきた。

「礫！　そこは入ってはだめ！　出なさい」

叫びが聞こえた瞬間、俺の脇でヒュッと息を吸い込む音がした。

地面に放り出された懐中電灯が二転三転し、弱々しく道を照らしていた。

礫が消えていた。

俺が懐中電灯を拾い上げるより先に美和が駆けつけた。

「さざれぇ！」美和はポッカリと口を開いた穴の縁《ふち》に取り付き、なかに腕を伸ばしていた。

懐中電灯を振ると〝危険！　試掘跡あり。立ち入り禁ず〟という立て看板があり、美和のいる穴の側には、試掘跡の蓋《ふた》にしてあったと思われる大きな板がズレたままになっていた。

穴は幅二メートル近くあった。

美和の革手袋の先に礫の手がすがりついているのが見えた。美和が踏《ふん》ばっているそばから穴の土はボロボロと頼りなく崩れ落ちていった。

俺は美和の側に行くと穴を照らした。

礫の目が光った。

美和の手だけで宙づりになった奴は呆然としていた。

「お願い引いて！　私の身体ごと」

俺は美和の背後から腕を掴《つか》んだ。試しに引いてみたが、びくとも動かなかった。それどころか美和は身体ごと、じりじりと穴のなかに引きずり込まれていた。

礫の下には見たこともない真の闇が広がっていた。

「お母さん！」礫が叫んだ。

「大丈夫！　絶対、離さない。朔太郎！　さくたろおう！」美和は叫んだ。「サクを呼んできてお願い。穴は二百メートルもあるの。運良く着地できても、底には空気が一滴もないの！」

砂とともに緑の小石が落下すると礫の顔にぶつかってから奈落《ならく》に落ちていった。

何の音もしなかった。

「早く！　もたないぃ！」

俺は立ち上がると小屋に走った。

すると木の陰に奴はいた。

「メルキオールか」

奴は頷《うなず》いた。

「知ってたのか」

「うむ」

「どうするんだ」

「これは神の采配《さいはい》だ、12《トウエルブ》」

「では見殺しにするんだな」

「私の望むやり方ではないがな。しかし、母上の前だ。逃げるわけにはいかん」メルキオールは木陰《こかげ》から出ると穴に向かって歩き始めた。

今や、汗だくとなった美和は全身が瘧《おこり》に罹《かか》ったかのようにぶるぶると震えていた。

「朔太郎！　早く……早く」

俺とメルキオールの姿を認めた美和は泥に汚れた顔を上げ、声を振り絞った。

穴のなかが見えた。

礫は目を見開いたまま俺とメルキオールを見つめていた。目玉だけが顔になってしまったかのような妙な表情だった。

メルキオールは穴の手前で足を止めた。

「早く！」美和が叫んだ。

俺は礫とメルキオールが互いに見つめ合うのが判った。

礫が挑むような笑みを浮かべた。

「あああぁぁ！」突然、腑《はらわた》を裂くような美和の悲鳴があがった。

それを合図に美和の革手袋がゆっくりと脱げ始め、それを掴んでいる礫の手が下がった。

スローモーションのように中身のない美和の手袋をバナナの皮よろしく掴んでいる礫の手が奈落に落ちた。

と、重力に逆らって礫の身体が一旦、制止した。

穴に差し込まれたメルキオールの丸太のような腕が礫の指先三本だけを掴んで支えてい

た。

「さざれぇ。あぶないよぉ。どぉーんとなる」

朔太郎だった。

見る見るうちに礫は持ち上げられ穴の外に生還した。

美和が礫に抱きつき、ワッと声を上げ、子供のように泣き出した。

まだ蒼醒《あおざ》めたままの礫は俺に軽く頷いた。

「サク、ありがとう」

「いーよ。毎度あり。またドーゾ」

突然の美和の涙に半ベソをかきそうになっていた朔太郎も礫を見ると笑顔を見せた。

「ふふふ、うふふふふ」礫は朔太郎を見つめながら笑い出した。

それは鍋の水が沸騰《ふっとう》していくように小さなトーンで始まり、やがて大きくなった。

朔太郎もそれに負けじと声を張り上げへらへら笑った。

ふたりの声が夜の森に響いた。

そして、ひと頻《しき》り泣いた美和も息子達に同調して泣き笑い始めた。

樹影が産み出す闇は月光を遮《さえぎ》り、今までにないほど暗かったが三人の笑い声はケタ外れに陽気に聞こえた。

ただ俺だけが黙り込んでいた。

27

「サクは礫《さざれ》が好きなんだな」

「まあな。でもな。トゥーブも好きだからな」朔太郎《さくたろう》は流し台《シンク》をスポンジで撫《な》で回していた。

「ずっと礫と暮らしたいんだな」

「さざれは怖いけど、オトートだからな。オトートは大事にしなくっちゃ」

「それはそうだ。もし、礫を傷つける奴がいたらどうする?」

「ろ・こ・す……」朔太郎は手を止め、テーブルにいる俺を睨《にら》みつけた。

「サク、それは〝殺す〟……だろ」

「それ!」スポンジを握った手を勢い良く突き上げると、上部の棚にぶち当てた。朔太郎は痛いとも何ともコメントせずに鼻歌を始めた。あまり痛くはないのだろう。

昨日の騒ぎのせいか美和は朝早くから出かけてしまっていた。俺は朔太郎が作ったピーナッツサンドをオレンジジュースで流し込んだ。

　礫は上がってきていない。メルキオールは眠ったままのようだった。

「サク、あの騒がしい犬はどうしたんだ?」

「逃げた。あいつ、今度あったらキョーカッしてやる」

「どの犬か判るのか」

「判る。足の裏ニクキューのあるやつ」

「それは他の犬も災難だ」俺は椅子に凭《もた》れて背伸びをした。

「サク! おはよう」

　俺が欠伸《あくび》を噛み殺していると礫が戸口に姿を現した。

「これやって見せてよ」礫は胸の前で両手を漕《こ》ぐような仕草を見せた。

「え? ゴハンは? ママにしわよせられるよ」

「強かったナァ。凄かったナァ、昨日のお兄ちゃん」

「え? お、オニーチャン……」朔太郎は口のなかで〝スゴカッタオニーチャンスゴカッタオニーチャンスゴカッタオニーチャン〟と繰り返した。

「お兄ちゃんの筋トレ見せてよ!」

「やるかもぉぅ!」朔太郎は頬を紅潮させて叫ぶと金髪の鬘《かつら》とエプロンを放り投げ、片手を上げた礫の掌《てのひら》にパチンと自分の掌を合わせるとポーチへけたたましく駆け出して行った。

「昨日は大変だったな……しかし、何をしようっていうんだ」

礫は微笑みながらポーチに向かった。

俺も奴に従いポーチに出た。

早くも朔太郎は黒いシートを拡げ、やる気満々なところを見せていた。

「君が如何《いか》にあてにならんかを見せて貰った。朔太郎は今、この場で始末する。君は奴が最大荷重をベンチプレスで持ち上げた瞬間、その姿勢を維持《キープ》させるように腕を摑め。その隙《すき》に私が注射する。いかに奴でも身動き取れまい。コツは決して落下させないことだ。肘《ひじ》の関節を内側に押し込むのだ。そうすれば肘関節が肩と連動して固定《ロック》される」

「随分、急だな。おふくろさんには何て説明するんだ」

「犬を追いかけて行ったとでも言うさ……。あの女にもこれから先、さほどの時間は必要なくなる。二、三日の差だ。12《トウエルブ》、私は昨日のような突発事故は許せない。あれは予想外だし、不愉快だ」

「地震は朔太郎のせいじゃないぜ」

「これは私の持論なんだが〝自分を巡る事象が負に回っているときには懸案《けんあん》の事項は即座

に実行すべき〟なのだ。さもないと負の波動に取り込まれる。絶対に失敗を避けねばならない場合こそ、この波動を振り切り、逃げ切るスピードが必要なのさ」

そのとき、リヤカーから下ろした鉄板《プレート》を鉄棒《シャフト》に差し込み終えた朔太郎が叫んだ。

「用意できたぁよぉ。見てぇ、見ててぇぇ」

礫は朔太郎に手を振るとポーチを下りた。

「どういう本を読むとそういう奇天烈《きてれつ》な考えになるんだ」

「……旧約を読み給え」

メルキオールは戻っていなかった。


ベンチプレスはいきなり百四十キロから始まった。朔太郎がメルキオールでないことは嬉々として準備する表情で判った。

「ねえ、お兄ちゃんはどのくらいまで持ち上げられるかなぁ」

「そそ、それはチキューは無理だね」

「地球は無理でも、ここにあるのは全部できるんじゃない?」

礫は地面に並べられた鉄板《プレート》全てを指さした。

「どうかなぁ?」鉄棒をベンチの架台に置いた朔太郎が起き上がった。

「できるよ、男だモン」

「おっとこぉう！　おっとこぉう！」朔太郎はジャンプすると突然、礫に猛烈なキスをした。「やってみりょぉー！」

礫は袖《そで》で唇を横殴りすると、朔太郎に気づかれないよう唾を吐いた。

それを見た俺は胸の奥に陽が差したように嬉しくなった。

朔太郎が鉄棒のボルトを弛《ゆる》めると礫は俺に合図をしてきた。

「12《トゥエルブ》がそばで危なくないように見ていてくれるよ」

「トゥーブじゃ、やりたりないけど……ふふふ」

「〝頼りない〟だろ、サク」

「それ！」朔太郎は拳を突き出すと、アッという間に最大荷重のバーベルを造り上げた。

俺は大袈裟に溜息をつくとベンチに横たわった朔太郎の胸元で待機した。

鉄棒《シャフト》は弓のようにしなり、架台の上で軋《きし》みをたてていた。

「何キロある」

「二百十……を少し切る」礫が呟いた。

「町中の自販機と同じだ」

「いくょぉ」朔太郎はシャフトを摑むと仁王のような色になった。

ガツンッと音がすると架台からシャフトが持ち上がった。

右手を背後に回した礫が一歩進んだ。

コブラのような息を吐くと朔太郎の胸の上に鉄棒が下りた。

「大丈夫か？」

朔太郎は限界まで膨張した風船のような顔のまま空を睨《にら》んでいた。

「ぐぅぅ」捕らえられた肉食獣のような呻《うめ》き声と共に鉄棒が浮上し始めた。

礫が注射器を差し出し、鉄棒が完全に持ち上がるのを待った。

朔太郎の腕が完全に伸びた。

「あ、あがった！」朔太郎が礫を捜して首を曲げた。

反対側の死角から礫が猫のように忍び寄ると押筒《プランジャー》に親指を当てた注射器を朔太郎の首筋に突き立てた。

瞬間、俺の右手が礫を突き飛ばしていた。

礫はもんどりうって倒れ込むと俺を見つめた。

「12《トゥエルブ》、後悔するぞ」

「たぶんな」

俺は礫にまたがると殴り続けた……殺してしまうつもりだった。

礫の童顔に三発目の拳を突っ込んだとき、俺の背中でダイナマイトが破裂し、身体が浮き、地面に転がった。目を開ける前に胃袋へ杭《くい》をぶちこまれたような激痛が走り、俺は朝、食べたものをあらかた吐き出してしまった。ついで万力のようなもので締めつけられた。

「トゥーブ、きらい」朔太郎がのしかかっていた。

耳の下で筋肉や神経、血管などの組織がみりみりと音を立てて潰《つぶ》されていくのが判った。

朔太郎は怒り狂っていた……無理もない。

そう観念すると背中がついているはずの土の感触が無くなった。硬いはずの地面がふわふわとベッドのように柔らかいものに変わって、俺を包み始めた。俺は朔太郎の手を離れ、暗い海の底をゆったり漂い始めている気になった。

しかし、顔に何かが当たった。

目を開けると朔太郎の泪《なみだ》だった。

奴は泣いていた。

その背後から礫が忍び寄るのが判った。

俺は目で訴えたが、朔太郎の俺の首を絞めている力は緩《ゆる》まなかった。

礫は何の躊躇《ためらい》もなく、朔太郎の首筋に針を差し込むと一本目の注射を終えた。

朔太郎は俺ばかりを泣きながら見つめ続けた。まるで首にされた注射に気づかないように。

こんなことがあるのか？　恐竜でもあるまいし……。

礫は二度目の注射を終えた。

直前に朔太郎の力が緩《ゆる》んだ。

俺の世界が溶暗《フエードアウト》していった。


酸素を求める肺が俺の内臓を蹴立てていた。

一生分の深刻な咳を反吐《へど》と共にしながら、俺は地面をのたうち回った。

理由《わけ》も判らず辺りを見回すとそばで俯《うつぶ》せになっている朔太郎とその横で注射器片手に俺達を見物している礫が居た。

「たった三秒」礫は指をその数だけ立てた。「随分、長く失神していたつもりだろうが……三秒。宇宙遊泳は快適だったかね、12《トウエルブ》」

俺は咳《せ》き込み続け、返事もできなかった。一旦、ざらざらする内臓を全て吐き出し、水で洗ってしまいたい気分だった。

「まだ身体が痺《しび》れる」

「酸欠と体内圧の致死的亢進《こうしん》による麻痺だ。すぐに治る。昔の楽しかった想い出でも舐《な》めておけ」

俺は足下の朔太郎を見つめた。

「成功したのか」

「……ように見えるな」

「そうか……」俺は手を伸ばし、朔太郎に触れた、温かかった。

「俺をどうするつもりだ」

「オギーに任せる」

「その前におまえを殺すぞ」

「結構、それで君の命題は永遠に闇に葬られる。この状況《シチュエーション》で朔太郎が残され、君と私が消えれば、いくら死んだ町とはいえ都会のマスコミは蜂の巣をつついた騒ぎを起こす。この町の司法官は無能だが、そうでない者の耳目《じもく》まで傾けさせるのか。君は牢獄では暮らせまい。この件は躾《しつけ》の悪い奴隷を根切《ねぎり》するための必要経費としておこう」

そう言うと礫は大型のカッターナイフを取り出した。

「朔太郎は両腕の腱《けん》とアキレス腱を切断しておく、念には念をだ」

俺は上半身を起こしたまま礫が朔太郎の足下にしゃがみ込むのを眺めていた。

礫は朔太郎のズボンの裾《すそ》をまくると白いソックスを捲《めく》った。

刃を引き出されたカッターが礫の手のなかで髪切蟲《かみきりむし》のような音をたてた。

俺はなぜか遠いところの出来事のようにカッターの刃が朔太郎のアキレス腱に埋め込まれようとするのを見た。

突然、水の詰まったボールを蹴り飛ばすような音がし、礫の歯がポップコーンのように弾《はじ》けた。

朔太郎の足が膝から垂直に立っていた。

スポーツシューズの踵《かかと》に礫の血が付いていた。

礫が顔を上げるのに合わせ、朔太郎がゆっくりと立ち上がった。

「なぜ禁忌《きんき》を犯した、バルタザール」メルキオールの顔は憤怒《ふんぬ》に燃えていた。

「メルキオール……か」礫は口を押さえながら尻餅のまま後退し始めた。

メルキオールは首に手を掛けると皮膚を剝《は》ぎ取った。剝ぎ取った下からはもう一枚別の赤身がかった皮が出てきた。

「〝聖者の喉《コーラ・デ・プレーテ》〟……か。見誤った。やはり験《げん》の悪いときは全てが逆《さかしま》に回る」

「私は貴様に宣誓させたはずだ。禁忌に触れてはならん。それは全てを滅ぼす道なのだと」

「メルキオール、おまえは負け犬だ。運命を自らの手で開拓する勇気すらもたぬ。被害妄想の虜《とりこ》にすぎん。俺は白痴となり、生ける屍のように馬齢《ばれい》を重ねる己《おのれ》を見て、虫酸《むしず》の走る思いだったわ」

メルキオールは礫の首を摑むと軽々と差し上げた。

「愚かなのはお前のほうだ、バルタザール。誇大妄想的躁病者の哀れな成れの果て」

「吠えろ。いずれにせよ、おまえは長くその身体に留まっているわけにはいくまい。次に朔太郎に戻ったときが己の最期だ」

「甘いな、礫。おまえに次は無い」メルキオールが腕に力を込めると礫の顔が見る見るうちに充血を始めた。額を走った血管が眉間《みけん》に回り、アンテナのように浮きだった。

「おまえは自分の無為《むい》な欲望のために澪《みお》を殺し、喰った。死んでも罪は免れんぞ」

「……己はあれを気に入っていたからな……だが、なぜあんな凡庸《ぼんよう》な生き物が私よりも尊《たっと》ばれなければならん。己は私をこそ援護するべきだったのだ、メルキオール」

「おまえは不気味で卑しい」

「卑しいのはお互い様だ。白痴のおまえに澪の脳をお裾分《すそわ》けして遣《や》った恩を忘れたか」

「なに?」メルキオールの顔が歪んだ。

「シチューにしてな……あの母《おんな》とともに、お前はお代《か》わりまでしたではないか。チーズケーキのようだと嬉々として頬張りおって……」

「貴様」

礫の顔が腐った柿のように変色し、膨らんだ。苦しげに開いた口のなかが赤く焼けて見えた。眼が反転し、白目が全てとなった。ふたりは黙ったまま動かなかった。

俺は立ち上がるとふらつく足を取りまとめ近づいた。

メルキオールは泣いていた。

「良いのか?」

俺は青黒くなりつつある礫の顔を見つめた。干してあったかのようにそれは縮んで見えた。

するとメルキオールの唇《くち》が震え、突然、〔への字〕になった。

憤怒の表情が消え、無邪気な泣き顔が通り過ぎ、再び憤怒の表情へと忙しく入れ替わった。

そのとき、礫に込めていた力が緩んだ。

「おにいちゃん……止めてよ。苦しいよぉ」礫が呟《つぶや》いた。

メルキオールの瞳が頭の裏を覗こうとするかのように痙攣《けいれん》しながら上に向かって消え、朔太郎が出現しようとしていた。

「しっかりしろ！　メルキオール！」

俺は朔太郎化しているその頬を殴りつけた。

すると朔太郎は吹き飛び、ハッとした表情のメルキオールに戻った。

首からベニヤ板を踏んだような音がし、礫の両手がぱらりと垂れた。

息を飲んだメルキオールが手を離す。

礫が鈍い音とともに落下し、死んだ魚のように目を開けて横たわった。

「12《トゥエルブ》……私は……私は」メルキオールは礫の傍《かたわ》らに膝を崩すと禿頭《はげ》を抱え、震えた。

「部屋に戻れ！　メルキオール。おまえはいつまた朔太郎に戻るか判らん」

「しかし、埋めるならば私も手伝いたい……後生だ。12《トゥエルブ》」

「行け！　おまえ、俺まで殺したいのか！」

俺はメルキオールの尻《けつ》を蹴り上げた。

メルキオールはよろよろと立ち上がり、何度も振り向いては酔っぱらったような足取りで家のなかに消えた。

それを見届けた俺は飼料倉庫から運んだカーペットをボロ小屋から引きだし、礫を詰めた。

肩に担ぎ上げてみると驚くほどバルタザール《ばるたざーる》は軽かった。

「トゥーブ！　どこ行くのぉ」

建物を回りきったところで朔太郎に声をかけられた俺は、危うく袋にしたカーペットを落としそうになった。

「いや。ちょっとごみを捨てに行くんだ」

「ママに言えばぁ」

「ママは忙しい。世話をかけちゃ悪いだろ」

「なか……何？」朔太郎は袋の隙間を覗こうとした。

「うんちゃや死んだ魚だ」

「うえっ！　くせぇ」朔太郎は顔を顰《しか》め、飛び離れた。

「だから家で待ってろ、な？」

「だめ、いぐ。いぐ」朔太郎は身悶《もだ》えした。

「おとなしくしてるんだぞ」俺は諦めて歩き出した。

「じゃ、俺が持つ」朔太郎はさっと袋を取り上げると肩に担いだ。「えへへ、トゥーブは楽してろぉ」

前を行く朔太郎の大きな背中の上で礫の袋は静かに揺れていた。

「これぐらい?」指先を泥まみれにした朔太郎が逆光になった俺の姿を眩《まぶ》しそうに見上げた。

「ああ、そんなもんで良いだろう」

広さも深さも一メートル程度の穴が開いていた。場所は礫が釣りをしていた池にほど近いが、好んで足を踏み入れる人間はいなさそうな下草の生い茂った場所を選んだ。

朔太郎が袋を投げ込み、俺とふたりで土をかけ、穴を埋め戻した。

「秘密だぞ……ほんとはごみをこんな所に捨てるのは良くないことだからな」

「シミッ」

俺が唇に指を当てると朔太郎はなぜか耳を押さえて何度も頷いた。

28

夕陽が窓から長い影を床に作っていた。

俺は家に戻ると部屋に籠《こ》もった。

何度か、朔太郎《さくたろう》だかメルキオールだかがノックしてきたが返事はしなかった。扉《ドア》は開けられることがなかった。ベッドに横になりながら、俺は礫《さざれ》によってもたらされるはずだったものについて思いを馳《は》せた。オギーはこの顚末《てんまつ》について許しはしないだろう。俺は彼の望むものより、自分を優先させてしまった。神によって時間を区切られた老人にそれを受け容《い》れる余裕は無い。

俺は立ち上がると少ない身の回りの物をザックにしまった。立ち去るのは、暫《しば》く様子を見てからの事になるだろうが、気持ちはなぜか急《せ》いていた。

窓から庭を覗くと朔太郎かメルキオールがしゃがんでいるのが見えた。

「今はどっちだ?」

「終わってしまったな」メルキオールは立ち上がった。

手には泥で汚れているが、あの毟《むし》り取った皮があった。

「これは〝聖者の喉〟と言われるトリックでな。結婚などの祝事で大量に酌《く》まれる酒を捨てるため中世カソリックの神父達が考案した仕掛けだ。本来は羊の皮を使い、なかに口から飲んだように見せて法衣の下から排出するためのチューブを挿入する。私はあの犬の腹皮で代用した。膠《にかわ》で本物の皮膚の上に貼り付けた。本物の皮膚と偽物との際《きわ》の処理が肝要なのだ。……朔太郎が剝《は》がしてしまわないかと心配だったがな。しかし、夜明けだったが構わず用意したのが幸《さいわ》いしたようだ」

皮の裏には厚く切ったハムとガーゼが張ってあった。

「針は通らなかったんだな」

「たぶんな……実は私が覚醒《かくせい》したのは君の首を締め上げている途中だった。状況把握のため倒れたふりで時間を稼ぐ必要があった」

そこに美和のピックアップトラックが唸《うな》りを上げて戻ってきた。

メルキオールは朔太郎をやり始めた。

「ママァ、おかえりぃ」

美和は無言でキッチンに入っていった。

後をつけるとテーブルに座り込んだまま美和は泥だらけの額を掌《てのひら》で支えテーブルクロスの升《ます》を目で追っていた。

「何かあったのか?」

俺の言葉に美和はゆっくりと顔を上げた。

「湯量が激減したわ……昨日の地震のせいよ。毎分で十五リットルいかない。朝よりも夕方のほうが悪い。地盤のどこかに裂け目ができてしまったんだわ」美和は寒さから身を守るように両腕で自分を抱いた。

メルキオールが美和の肩に手を置いた。美和がそれを頼りにするかのように頬を預けた。

「もし駄目なら次の一手を打つわ。負けていられないもの」

「たいしたものだ」

「ああ、お腹が減った。サク、何か作って頂戴。礫は？」

「俺は見てないな」

俺とメルキオールは顔を見合わせた。

「ぼくも」

美和は立ち上がるとキッチンを出て、礫の部屋の扉《ドア》を叩いた。

「礫！　ご飯にするから上がってきなさい！」

その晩は美和もメルキオールを手伝った。

俺は途中で奴がメルキオールから朔太郎に変化したのに気づいた。

小一時間後、食卓にはブイヨン・スープで煮た米にパルミジャーノを雪のように振りかけたリゾットと牛の胃袋を人参《にんじん》とともに微塵《みじん》切りにし、セロリ、玉葱《たまねぎ》、トマトソースで煮込んだローマ風トリッパ《トリッパ・アラ・ロマーナ》が並んだ。俺は勿論《もちろん》、パンにピーナッツバター。トリッパには手はつけなかった。

美和は「いただきます」の前にもう一度だけ礫の扉《ドア》を叩き、誰ともなく「ほんとに一旦、引き籠もるといつもああだわ」とブツブツ文句を言った。

俺と朔太郎と当たり障《さわ》りのない話をし、美和は適当に笑った。

「そうだわ。これはいったい何かしら？」

美和は突然、そう言うとポケットから短い枝のようなものを取り出した。枝には指が在《あ》り、細工したような小さな爪《つめ》が付いていた。それは人の肘《ひじ》から先の縮小模型《ミニアチュア》のようだったが、断端から手首に至るまで長い毛に覆われていた。

「猿の手だ」俺は呟いた。

「小屋の外に落ちていたの」

「これは面白いぞ。猿の手には願い事をみっつだけ叶《かな》える魔力が備わっているという。三人でひとつずつ願い事をしてみたらどうだ」

「いいわよ」美和は真顔になって俺から〝猿の手〟を取り上げ、宙に向かって手を伸ばした。「家族三人ずっと一緒に暮らせますように……」すると美和が身体を捻《ひね》って〝猿の手〟を落とした。

「どうした？」

「動いたわ」

「面白い冗談だ」

「さざれが早く帰って来ますように！」〝猿の手〟を拾い上げた朔太郎が声を張り上げた。

俺が顔を見ると朔太郎は挑むように顎《あご》先をツンと持ち上げた。

「じゃあ、次はあなた」美和が〝猿の手〟を差し出した。

俺はそれを受け取ると軽く咳払いした。「早く、待ち望んだ小説が完成しますように」

言葉が言い終わらないうちに掌で〝猿の手〟が動いた……ように感じた。大きくはない小さく震えるような感じでそれは動いた。まるで古いマッサージ・パッドでヘマをした感じだった。

途端に玄関の呼鈴《チャイム》が鳴った。

俺達は顔を見合わせ、玄関へと連れだった。

美和が扉《ドア》を開けると家の私道にはパトカーやら一般の車やらが溢《あふ》れ返っていた。

戸口には警官《あいつ》が通夜のような表情《かお》で立っていた。

「こんばんは」警官は軽く会釈《えしゃく》をすると俺と朔太郎を睨《にら》みつけた。「あんた達に来て貰いたい」

「どういうこと」美和が朔太郎と警官の間に立ちはだかった。

「おい」警官がパトカーの若い警官を呼んだ。

脇に包帯と泥まみれの礫がいた。

「今晩は12《トウエルブ》。……ただいま、母さん」

礫は首が奇妙な形に捻《ねじ》れ、壊れた人形のように見えた。

「ハウー」俺は手をインディアンのように上げた。

美和が口に当てた手から悲鳴を漏らし、礫に抱きついた。

「奥さん。お宅の礫君は十六時四十七分に、この先の林道を彷徨《さまよ》っているのを我々が発見し、保護しました。彼はお兄さんと、この男から暴行を受けたと供述しています」

振り返った美和が獣のような唸《うな》り声を上げ、俺に殴りかかり、嚙みついてきた。

彼女が引き離されるまで俺はなすがままになっていた。

「けだもの！　けだもの」美和は引き剝がされざまに俺に唾を吐きかけた。「お巡《まわ》りさん。この変態を早く連れていってください！」

「残念ながら供述ではお兄さんも一緒との事です。ご同行願います」

「この子は駄目」美和は狼狽《ろうばい》し、朔太郎に取り付いた。「この子はひとりでは行かせられないわ。礫！　サクは違うでしょう」

礫は子供らしく俯《うつむ》いた。

「奥さん、ハッキリ言いましょう。ここには我々だけではなく自警団の連中も二十人は集まっている。たかが子供ひとりの事でこれだけ集まると思いますか？」

「では、いったい何なの?」

「礫君の話ではお兄さんとその男が女性を殺害し、埋めたのを目撃したということです」

美和の髪が総毛立つのが判った。その口は何か喋っていたが声は出てこなかった。

「礫君は死体の埋められた場所を知っています。これから彼らを同行させ、確認させます」警官は俺に詰め寄った。「君は礫君の証言を認めるかね」

「まったく身に憶えがないな。転んで頭でもぶつけたんじゃないのか? 子供にはよくあることだ」

「そうかな? そうは思えんがな」警官《こいつ》が近づいたお陰で夕食にカレーを食べたのが判った。「とにかく全員来るんだ」信じられないことに警官は俺に手錠をかけた。

「おい、俺はまだ犯人じゃないぞ」

警官は俺に向かって中指を立てた。

俺達はパトカーに、美和と礫は自警団の車へと乗り込んだ。

29

車はあの谷へと向かっていた。

朔太郎《さくたろう》はパトカーを運転する若い警官にサイレンを鳴らしてくれるよう再三、懇願《こんがん》したが聞き入れては貰えなかった。

「トゥーブ、パトカーはどこへでも行くる。どこへも」朔太郎は手を叩き、口を開けてガハガハ笑った。

「おまえは喰い込みすぎた。とんだ喰い込み野郎だよ」警官はバックミラー越しに笑った。

「俺は甘くねぇ。覚悟しとけ。あの餓鬼《がき》はなかなかしっかりしてる。判るか？　つまり、おまえらはもう達磨《ダルマ》だということさ」

「七転び八起きさ、トゥーブ」朔太郎は神妙な顔つきで合わせた指を顔の前でくねらせ俺にそう呟《つぶや》いた。

やがて車列は林道に入り、車体を傾けながら進んだ。不思議なことに同じように見える森でも樹には樹の顔があるのか、窓から見憶えのある場所だと思った所に車は停止した。

「全員、下りる。おまえらは決して俺達から離れるなよ」

「ねぇ、ピストル見せてよ」朔太郎が若い警官の腰に手を伸ばそうとして怒鳴られた。

斜面からは先日同様、月光に白々と照らされた川原《かわら》が見て取れた。

俺と朔太郎が誘導される頃には既に三十人近い人間がそれぞれ懐中電灯を手に下りていた。

礫は美和に支えられながら川原にほど近い場所を指していた。

しかし、そこは俺と埋めた場所からは離れていた。

「よし、こっちから絨毯方式《ローラー》でやってくれ！」警官の掛け声で自警団が木々の間を各々《おのおの》、巡《めぐ》り始めた。懐中電灯のお手軽な光束《こうそく》が安いストリップ劇場《こや》の照明のようにてんでんばらばらに散り始めた。

彼らは捜索に関する組織的な訓練はまったく受けていないようだった。

俺が自警団と警官を注視するなか、朔太郎は川に入って回りの人間にありったけの水を掬《すく》っては掛けて笑い、美和はそれをやめさせようとして川に転倒し、悲鳴を上げた。

「憂鬱《ゆううつ》そうだな」いつのまにか礫《さざれ》が俺のそばに来ていた。「今のうちに自由の空気を楽しみ給え」

「そのひん曲がった首は治らないぞ。世の中を〝斜《しゃ》に構える〟ってのが体現できて、さぞ嬉しかろう」

「奴の覚醒《かくせい》は気になっていたが試錘塔《しすいとう》で私を救ったのでな……まったくの油断だった」礫は朔太郎を見つめた。「ところでメルキオールとサクはどういう仕掛け《メカニズム》になっているのだ」

「さあな、本人にも制御《コントロール》不能な山の天気みたいなもんだ。ああして天才と白痴を拍節器《メトロノーム》のように行ったり来たりしている」

「つくづく不細工《ぶさいく》な生き物だ。やはり、きっかけは被雷か」

俺は頷《うなず》いた。

「ヴィクター・フランケンシュタインは正しかったのだ」

「おまえもよく似てるよ」

「土のなかで蘇生《そせい》するってのは良いものだ」

「糠漬《ぬかづ》けの気持ちが判るからな」

「あれにより、私の心に微かに残っていた脆弱《ぜいじゃく》な躊躇《ためら》いを根本から取り去ることができた。これで心おきなく計画を押し進めることができる」

「しかし、メルキオールが捕まってしまえば胎児の脳の保存場所が無くなってしまうじゃないか」

「愚問だよ、12《トゥエルブ》。ひとつ飛ばして育てれば済むことだ。三年程度、植物状態のまま育てれば目的の広さの頭骨は手に入る。それを鉢《はち》にすれば良い」

「手錠がなけりゃ、おまえの首を反対側にへし折ってやれるのにな」

「それを日本語で〝あとの祭り〟というのだよ、12《トウエルブ》」

「だが妙だな、俺はキキに指紋一つ残してないぜ。注意して蒲焼《かばや》き用の鰻《うなぎ》みたいに洗いまくって遣《や》ったんだ」

「彼女の口のなかには朔太郎の皮膚の断片が、彼女の右手の人差し指の爪には君の白髪が挟まっている。憶えているかね。試錘塔に初めて誘ったときのことを」

俺は礫《やつ》が毛を引き抜いた事を思いだした。

「しかし、一旦、埋めたものを細工のためとはいえ掘り返すなんて犬か鼠《ねずみ》のする事だ。おまえの誇り《プライド》は何も告げないのか？」

「何事も保険だ。大事のための小事には拘《こだわ》らずだな」

「この首尾《しゅび》をオギーは喜ばんだろうな」

「心的衝動は起こり得るだろうが、まあそれも飼い犬が車に撥《は》ねられた程度のものだろう」

そのとき、警官が礫を呼んだ。

「たまには面会に行こう。監獄で徐々に老いていく姿を楽しみにしている」

礫は俺の脇腹を軽く叩き、林に向かった。

俺は川原に下り、手頃な石を探して腰を下ろした。手錠は思った以上にきつく締めつけてあり、既に皮膚が血を滲《にじ》ませていた。

気がつくと美和が睨《にら》んでいるのが見えたので手を挙げたが、返事の代わりに石が飛んできて臑《すね》に当たった。

「あなた、あたしを軽蔑していたけど、ほんとはあたしを軽蔑する価値すら無いわ。あの子を巻き込むなんてなんてことをしてくれたの。ちゃんとした変態なら自分ひとりで全部なさいな。あの子に手伝わせるなんて……」

「誤解だよ。それによくそんなに突然、人を憎めるものだな」

「事がどうであれ、これが済んだら出て行って貰うわ。そしてもう二度とあたしたちに構わないで、放っておいて頂戴。まさかこの目で本物の疫病神《やくびょうがみ》を見るとは思わなかった」

美和は礫の元へと移っていった。

その姿を見送ると朔太郎が周囲を確認しながら近づいて来、一瞬、真顔になった。

「礫《やつ》と何を話していた。この騒ぎは何だ」メルキオールは俺の前に座った。「手錠か」

「自分でしたわけじゃない。俺とあんたは少女殺しの容疑者で、それを礫が告発している」

「さぞ、見事にデッチ上げたんだろうな」

「少女の口にはあんたの皮膚の一部が押し込んであり、手には俺の髪を摑《つか》んでいるそうだ」

「打つ手はあるのか」メルキオールは溜息をつくと首を振った。

「あんたには無理だ。正式な裁判もされず療養所《サナトリウム》行きだろう。二度と出て来れまいよ」

「つまり、王手《チェック・メイト》というわけか？」

「残る手は盤《ボード》を引っくり返すぐらいだな。ここらにいる全員が礫の味方だ。しかも、そのうちのふたりは銃を持っている」

「こんなときに言うのも何だが小説は昨日、完成させておいた。二階の私の部屋に隠してある」

「ベッドポストか」

「いや。西洋箪笥《チェスト》の下桟《ボトム・レール》に貼り付けてある。一番下の抽斗《ひきだし》を抜けば判る。機会があれば読んでくれ」

　俺が口を開きかけたとき、警官が大声を上げた。

「おい、そいつらを連れてこい」

　林に入ると捜索チームが固まっていた。全員の顔に早くも疲労と苛立《いらだ》ちが募《つの》っていた。

「おまえたち！　どこに埋めたのか自ら告白したらどうだ」警官が怒鳴った。

「だから何の話だ」

礫が美和に何事かを囁《ささや》くとそれを美和が警官に伝えた。美和がハンカチを渡したので、てらてらと顔が光って見えるのは礫《やつ》が異様に汗をかいているからだと判った。肩が小刻みに震えていた。

「よし、もう少し移動するぞ！」警官の声が響いた。

その後は結局、四カ所移動し、その度《たび》に俺達は下ろされ、警官は俺の視線が泳ぐ場所《さき》を見極めようとしていた。俺は面白いのであちこちをジッと見つめたり、目配せしたりした。すると警官はその度に自警団の人間を呼びつけ、あちこちを掘らせて回り、無駄骨《むだぼね》を折らせた。

やがて警官の号令に応答する者も少なくなった。

俺は「リア王」の田舎芝居を見ているようでスープを飲んだように胸が温かくなった。

その間も礫は自信に満ちた口調で死体のあった場所を様々に指さし、そこにないと判ると、また別の場所を示し、二、三回掘らせると移動する……という作業を提案し続けた。

遂《つい》に五カ所目で捜索隊の不満の声が俺の耳にも届くようになった。

「いったいどうなってるんだ！」聞こえよがしの声が闇に響いた。

徐々に詰問《きつもん》口調で問いつめられる礫と警官の間を行ったり来たりしながら美和は蒼醒《あおざ》め、目に見えて消耗していった。

最初に捜索した地点に戻ることになった。

警官は何も喋らなくなった。

運転を担当していた若い警官は俺がパトカーを下りるときに手錠を外してくれた。

捜索は続いた。

何も見つからなかった。

「どうなってる。礫は何を企《たくら》んでるんだ」

俺が囁《ささや》くとメルキオールはじっと礫の姿を見つめていた。

紙のように白くなった礫は時折、蝿《はえ》か蚊を払おうとするかのように頭を激しく左右に振り、その後、手をぶらぶらと揺らし、飛び跳ねた。丁度、耳に水が入った子供がケンケンをするのに似ていた。

「どうなってるんだ」

メルキオールは固まったまま何も言わなかった。

すると数人の自警団のメンバーが川原に下りていた若手の警官に詰め寄るのが見えた。

彼らは口々に埒《らち》の明かない捜索をいつまで続けさせるのかと怒鳴っていた。

「12《トウエルブ》……」メルキオールは立ち上がった。

今にも泣き出しそうな若い警官が捜索隊に、もごもご説明を続けている横を通り過ぎると美和が礫を抱くようにして警官の厳しい言葉を受けていた。

礫たちが座っているのはキキが横たわっていたあの一枚岩だった。

メルキオールは礫にすっと近づくとその額に手を当てた。

礫は呆然《ぼうぜん》と川の流れに視線を合わせたまま何事かを呟いていた。

「バルタザール」メルキオールが呟くと礫は顔を上げた。微笑んではいたが、それは誰もいない空間に向けられていた。

突然、礫は立ち上がると他の自警団と談判していた若い警官の腰にまとわりつき、拳銃《ホルスター》ケースの二重ホックを外すと、アッという間にニューナンブM60を手にした。弾《はず》みで川原に尻餅《しりもち》をついた若い警官のベルトの右側から拳銃の尾部にある吊環《リング》まで伸縮紐《ランヤード》が伸びていたが、礫は拳銃を振り、それを引きちぎった。

「みんな集まってぇ」一枚岩の上に立った礫は愕然《がくぜん》としている面々に向かって柔らかく宣言した。

「いよいよ始まったぞ」メルキオールは囁《ささや》いた。「やはりあの方法《やりかた》では止められなかった。

伯父は間違っていたのだ」

礫は今にも飛びかかろうとして動きの悪い者を叱咤《しった》するかのように微笑みながら空に向かって発砲した。静寂《しじま》を破る雷《いかづち》の轟音《ごうおん》が胃を突き上げ、俺とメルキオールを除く全員が凍りついた。

「12《トウエルブ》、見ておけ。これが我が血の呪いだ」

礫は片手をふらふらと振った。

「僕のためにこんなに集まってくれてありがとう。そして素敵なステージを本当にありがとう。今日はみんな心より楽しんでいってくださいね」

そして、一拍おくと礫は歌い始めた。

♬

立ち尽くし……立ち尽くし……ていたよぉぅ。

いつまでも……いつまでも……死んだ兎《うさぎ》のようにぃ。

君のために、泣いたよぉぅ。

だからぁ、今度は君が泣く番だ。

♪

礫の声は身体の小ささに反してオペラ歌手のように朗々と谷に響きわたった。

奇妙な事に時折、眼球が別々のほうを見ていた。

♬　十人よ、黒坊《くろんぼう》の子供が十人よ、

午餐《おひる》に呼ばれていきましたぁ。

一人が喉首《のどくび》詰まらせたぁ〜。

そこで九人になりましたぁ。

♪

「ありがとう、ありがとう」礫は観客に向けて盛んに投げキッスを始めた。片手で始められた投げキッスが両手に変わったとき、警官が飛びかかった。

悲鳴と怒号が沸騰し、俺の場所からは礫も美和も見えなかった。ただ岩にのしかかる人の山があるだけで、やっと這い出てきた若い警官が拳銃をホルスターに戻すと、呆然《ぼうぜん》とパトカーのほうへとひとり斜面を上がっていった。

ようやく美和と共に引きずり出された礫は半笑いを浮かべたまま目を閉じていた。

「とんでもねぇ餓鬼だ」警官が吐き捨てるように呟いた。

美和は礫を守るように抱きよせながら啜《すす》り泣いていた。

そのとき、上の林道から激しい笛《ふえ》の音が響き、木霊《こだま》した。

と同時にパラフィンを擦《す》り合わせたような掠《かす》れた若い警官の声が聞こえてきた。

「すぐ家に戻ってください。お宅が……」

近寄るまでもなく美和の家は明け始めた夜空に向かって盛大に火炎を噴き上げていた。私道にはポツリポツリと消防車が入り込み、お義理程度に放水していたが、それは素人目にもサウナの焼石に手で水を掛けているようにしか見えなかった。そして実際にその程度の効果だった。

俺を含め、美和もメルキオールも絶句して、立ち竦《すく》んだ。

捜索に加わった者達も目の前で壊れかけの溶鉱炉のように火を噴く家に為《な》す術《すべ》もなくただ、呆然としていた。家の構造なのか風が吹き付けると何か巨大な生き物が吠えているような音がした。

オレンジ色の火球が周囲を昼間のように明るく染めていた。

「あ、朝だ！　朝がお家《うち》にやってきた」

美和の手を振りきった礫がポーチの辺りに駆け出した。礫の突飛な行動に誰もが呆気《あっけ》に取られ、彼を保護する機会を逸していた。勿論《もちろん》、俺もだ。

「おっはよう！　おっはよう！」

礫は両手を上げ、彼だけに見えるアポロンに向け、投げキッスを始めた。

その途端、背後の家が燃え崩れ、津波のように礫に襲《かか》いかかった。

弾丸のような勢いでメルキオールが飛び出すと礫を抱えた。

炎と共に橙《だいだい》に熾《おこ》った建材が霰《あられ》とふたりに降りかかり、一瞬、彼らの姿は火炎に消えた。

しかし、次の瞬間、メルキオールは燃える材木を跳ね飛ばし、脱出してきた。

地面に転がりながら消火器のシャワーを浴びたメルキオールは背中の全面を焼かれていた。礫は髪と眉を失い、顔が倍ほどにも膨らんでしまっていた。

美和が狂ったように泣き喚《わめ》いていた。

崩れ始めた家は徐々に火勢を失いつつあった。

「12《トウエルブ》、どうも私は今ので完全に使い切ってしまったようだ……ほんとうのお別れだ」

救急車の収容口に詰め込まれようとしたメルキオールが酸素マスクをずらすと担架《ストレッチャー》の上で微笑んだ。

「信じて良いものやら」

「信じろ……さよならだ」

メルキオールが出した手を俺は握った。

「約束を忘れるなよ」

救急車の梯子《はしご》が下ろされると奴はしまわれていった。

隣の救急車からは礫の調子っ外《ぱず》れな唄が漏《も》れていた。

こうして全ては灰燼《かいじん》に帰し、俺は暗い夜空を見上げた。

30

晩秋というのは〝鬱《うつ》の栖《すみか》〟だ。

春の艶《つや》やかさ、夏の饒舌《じょうぜつ》を楽しんだ者に突然、訪れる死の疑似《ぎじ》体験。冬をそれだという者もいるが、冬は単なる静寂でしかない。いわば墓地の凍土にじかに耳をつけ、息を潜《ひそ》める行為。何ものも胎動しない零《ゼロ》の世界。しかし、晩秋は確実に盛衰を見せつける。枯れる樹々、延々と濁《にご》る空に圧《お》され未来を悟れぬ者は皆、不安に戦《おのの》き、黄昏《たそが》れ、引き戻せぬ過去への思いに胸を灼《や》く。

四カ月後、俺は再びあの町に戻っていた。

濃紺《ダークブルー》のダイムラーは未舗装の田舎道に驚き、何度も大型トレーラーが残していった轍《わだち》跡に車輪を取られ、腹を擦《こす》っては悲鳴を上げた。

オギーは昔から俺が自ら運転することを嫌っていた。

故《ゆえ》に俺が此処《ここ》に戻りたいのだと伝えたときも、アボガドが運転するリムジンで行くよう強く薦《すす》めてきたのだが、俺はそれを断った。


俺はあの夜、駐在所で二時間ほど簡単な取り調べを受けた後、町を離れた。

正確にはエピファニィまでパトカーで送って貰い、朝になってからアボガドが待つ駅までのタクシーを呼んで貰ったのだ。

「ふざけやがって」警官は刺身に回虫を見つけたような顔で俺に出ていくように指示した。

「戻り給え」俺の身元引受の連絡先をオギーが快諾した事と任意での事情聴取には応じたため、警官《おまわり》は礫《さざれ》の証言が得られない現状では暴行容疑に関する俺への法的拘束力の根拠を失ったのだと、オギーに代わって電話口に出た弁護士は告げた。

俺は礫の変化と現状についてオギーに口頭で報告した。

黙って〝嘆きの聖母像《ピエタ》〟を見つめていたオギーが、

「不首尾だ」と呟《つぶや》くと、

「ふしゅぴぃ！」それに合わせアボガドが暗闇で腕を突きだした。

オギーは以後、礫のことは脳裏から完全に払拭してしまったかのように二度と口にしなかった。

俺は美和に、礫《バルタザール》に、朔太郎《メルキオール》に、別れを告げず消えていた。

俺はダイムラーの鍵を受け取る際、オギーに〃埋め合わせ〃を進言してきた。

自信はなかったが五分五分で期待は持っていた。


ダイムラーが郵便局へ繋《つな》がる道に差しかかった。

町の風景は何も変わらずエピファニィもあのままだった。

死んだ町は四カ月経っても死んだままで、俺は誰に会うこともなく車を進め、やがて礫が釣りをしていた池の端に差しかかった。

前方にパトカーが停まっていた。

運転席に人影はなかった。

俺は速度を緩《ゆる》めると、大げさに揺れる雑草が木枯らしを教える草叢《くさむら》に目を遣《や》った。

警官姿の男が池に向かって放尿していた。

俺は鉄梃《バール》を腰に挿《さ》すと車を降りた。

「やあ」俺が声を掛けると警官《やつ》は驚いたように振り向いた。

「なんだあんたか」警官は死んだ鰻《うなぎ》の頭のような性器《ペニス》を慌てて仕舞い込んだ。アッという間にファスナーの横に黒々とした染《し》みが生まれた。「最近、めっきり近くなっちまってな」照れたように笑いながら警官《やつ》は黒い染みを何度も撫《な》でつけ、逆に広げていた。

「連絡を待っていたんですがね」

「ああ、あれはお釈迦《しゃか》だ。暴行容疑も死体遺棄に関しても所轄署にもあげて《うえ》はおらん。何度聞いても唄ったり踊ったりで埒《らち》があかん。兎《と》に角《かく》、もともとの告訴人がこれになっちまってわな」警官はこめかみの横で渦巻《うずまき》を描いた。「兄貴ともども仲の良いことだ」助手を含め、他に人の姿はなかった。

「あそこはきっと血が濃《こ》いぃんだ」警官は声を潜《ひそ》めた。「町の連中はみんなそう噂してるぜ」

「ところで火事の原因は何だったんです」

「火元が台所だということは判明した。たぶん、ガス台に何か載せて火をつけっ放したままにしてたんだろうというのが消防からの報告だな。あそこはどうもあの白痴に煮炊《にた》きをさせてたんだろう？　つくづく仕方のねぇ母《アマ》だ。呆《あき》れるよ」

「それでも、あんた気に入ってたんじゃないか」

「お生憎様《あいにくさま》で女房《かかあ》が次の週に、ひょっこり帰ってきやがってさ。三つ指ついて〝今後は神《しん》妙《みょう》に致しますので又、御寵愛《ごちょうあい》のほど宜敷《よろしく》御願い致します〃てなもんで。今じゃ、上《あ》げ膳据《ぜんす》え膳《ぜん》の御身分よ。前よりも身体の相性も良くなってな。あんな糞阿媽《くそあま》にはまらなくって、ほんと命拾いしたぜぇ」

「薄情《はくじょう》なんだな」

「将《まさ》にそれこそが此処《ここ》の名産よ」

「つくづく運が無いなあんたは……あたら昇進できたものを」

「え？　何だって」

俺は警官《やつ》のそばに近寄ると耳元で囁《ささや》いた。

「あんたは正しい。俺は人殺しなんだ」

警官《やつ》が顔を上げる前に俺は手にしていた鉄梃《バール》を思い切り警帽《けいぼう》の中央に叩き込んだ。

奴は盛大に三度放屁すると倒れかかってきたので、俺はそれを支えた。鼻先で警帽が阿《あ》弥陀被《みだかぶ》りになり、顔は見えなかったが裸の鼠《ねずみ》のような舌が顎《あご》の先まで垂れ下がって、涎《よだれ》を引きながら揺れていた。

俺は警官を回れ右させるとそのまま尻を蹴り上げ、池に突き落とした。

飛沫とともに帽子が外れ、黒い髪の間から桃豆腐のような色の脳が見えた。鉄梃の破壊力は凄《すさ》まじく「くの字」に大きく裂けた頭蓋骨に水が流れ込むと脳の上で渦を作り、色々な組織を花のようにくるくると頭蓋の小池に浮かべながら沈んでいった。

【メルキオールの善根】が伝えようとしたものが、手応《てごた》えとして車に戻った俺のなかに芽生えていた。

思えば既に俺は答えを読んでいたのだ。

〔……なぜ殺すのかという問いを求めるのではなく、自分自身が〃なぜ殺すのか〃という問いの巨大な疑問符そのものに成りきる〕事。俺自身が社会からの疑問符として存在することが唯一の自己実現なのだ。思えば、かの夭逝《ようせい》した文豪も同等の事を述べているではないか。〔殺人こそが我が成長であり、忘れられていた生に近づく手だて〕と。

美和の家はあの夜、焼け崩れたままに見えた。

私道から庭に乗り付けると焼けた母屋の脇に掘建小屋《ほったてごや》ができていた。

車から降りると昔の家は焦げたポーチとボロボロの土壁を残し、完全に崩れていた。

俺は掘建小屋を覗《のぞ》いてみた。

世界中のゴミを詰め込んだような異臭のする世界があった。

テーブルの上には皿にも載せられていない腐りかけのハムと蟻《あり》でまっくろになったピーナッツバターが放置されていた。部屋の中央から片側までを堆《うずたか》く盛り上げているのは泥の山であり、異臭はその泥から発生していた。そして奇妙な事にベニヤでできた四方の壁は見たこともない模様に埋まっていた。

それは無数の数字だった。

小数点を示すコンマを含む0~9までの数字を凡《およ》そ考えられる全てのパターンを使って書いてあった。まるで有理数の無限に挑戦しようとでもしたかのように……いや、挑戦している真っ最中なのだろう。天道虫《てんとうむし》にも充たない大きさでそれは天井までびっしりと埋め尽くされており、何本もの使いかけのサインペンが虫の死骸のように土間《どま》の方々《ほうぼう》に投げ捨ててあった。

俺はふと興味に駆られ圧倒的なボリュームで描かれた数字の海に立つべく部屋の中央に移動してみた。

そのとき、何の加減か小屋の外が陰った。

するとサインペンに含まれる成分の効果なのか暗い壁面で数字たちが微《かす》かに発光し始めた。曼陀羅《まんだら》のようにも見えるそれら〝知の死骸〟は今では到底、もとに戻れぬ〝叡智《えいち》の頂《いただき》〟から落剝《らくはく》した我が身を嘆いているかのようにも思えた。

足下に蠢《うごめ》くものを感じ、目を遣ると針金を組んだ大振《おおぶ》りな鳥籠《とりかご》に鶏《にわとり》が一羽、詰め込んであった。

鶏は突然の来訪者に騒ぎもせず、ただじっと虚《うつ》ろな目を壁の数字に向けていた。

俺は軽い眩暈《めまい》とともに外に出た。

するとポーチに先ほどは気づかなかった人影があった。

毛布のような長い襤褸《ぼろ》を身体に巻き付けただけの垢《あか》にまみれた醜《みにく》く、汚《けが》らしい蓬髪《ほうはつ》の老婆が背を丸め丸椅子に座っていた。

「こんにちは」俺は歩み寄った。

老婆は笑っていた。腕を襤褸から出すと頬を掻《か》き、また戻すと後は何を話しかけても反応しなかった。笑った目はその奥に広がる巨大な虚《うつ》ろを晒《さら》していた。

俺は老婆の肩に触れ、次に崩れた建物の残骸のなかに入った。

礫《さざれ》の部屋に通じていた地下の扉の辺りに積み重なっている焦げた建材をひとつひとつどかした。すると突然、ぽっかりと空間が開き、階段が見えた。俺はポケットから小型の懐中電灯を取り出すと釘や割れた煉瓦《れんが》にひっかけられないよう注意しながら階段を下りた。

予想通り、内部には完全に火は回っていなかった。ただ消火の際の浸水によってあちこちが腐れ、また床に嫌な臭いのする水溜まりがいくつもできている以外、大きな変化は見られなかった。パソコンも奥の部屋のベッドも既に使い物にはならないほど泥と埃《ほこり》にまみれているにせよ外見は無事に見えた。

俺の目指す物はパソコンが置いてある机の上にあった。偶然、上に倒れかかった書棚が遮蔽《シールド》となったのか、それは無事だった。思えば、最初にもっと注意して見れば良かったのだ。俺は礫が愛用していた電気スタンドを手に取った。

懐中電灯の明かりのなかでも目的の傘《シエード》は確認できた。いくつかの大小の穴と漉《す》きたての和紙のような枝分かれした表面は、見る角度を変えれば人間の顔であった。

澪《みお》はずっとここにいた。

礫は澪で傘《シエード》を作っていたのだ。

俺は澪《それ》を抱えると壊さないよう用心して階段を上がった。

「ママぁ！　ただいまぁ」上りきる途中で笑い声が聞こえてきた。

建物の外に出るとポーチの前で巨大な半裸の男とその弟らしい子供が戯《じゃ》れ合っていた。

ふたりは俺を見るとニコニコと良い感じの笑顔を返してきた。

見ると奴らはサッカーよろしく鉄でできた帽子状の輪を蹴り合っていた。

それはあの脳定位固定装置だった。

俺はふたりに軽く手を上げた。

礫と朔太郎《さくたろう》が眩《まぶ》しそうな顔をして俺を見た。

「ハロー」俺はふたりに近づいた。

朔太郎は返事もせず、ただ笑って頷《うなず》くばかりだった。

口から長い涎《よだれ》が糸を引いて地面に伸びた。

もう俺のことは憶えていないようだった。

礫は指を口にくわえたまま、足で脳定位固定装置を弄《いじ》っていた。

俺は朔太郎の肩に手を載せた。

「サク……約束だ。もう一度訊《き》くぞ……死にたいか？」

俺は朔太郎の耳元で囁《ささや》いた。

朔太郎はビクンと身体を震わせると俺を見つめた。

「あはは……死にたい？」

朔太郎はきゃきゃきゃきゃと声を上げた。すると礫も大声で笑い始めた。

俺も笑った。笑ってるうちに涙が溢れた。また厭《いや》な反応が起きたのだ。

ふたりは俺が涙を流したのが、よほど楽しかったのか更に笑い出した。腹を抱え、飛び跳ねた。

「それで……どうなんだ？　サク。死ぬか、生きるか？」

朔太郎は蹲《うずくま》ると猛烈な勢いで火傷《やけど》で爛《ただ》れた頭を殴りつけ飛び上がった。

「ウー！　生きたい！　いきたい！　いきたいいきたい」

礫もそれを唱和した。

ふたりは唄い、やがてそれは奇妙な歌詞として廃墟に響き渡った。

俺は胸ポケットから分厚い封筒を出すと幸せそうな朔太郎に手渡した。

「美和に渡せよ」

なかには二百五十萬あるはずだった。加害者自作の品ということであればオギーにとっても妥当《だとう》な買い物の筈《はず》だ。

「じゃあな」俺はふたりに手を振った。

車《ダイムラー》に戻り、俺は私道を出た。

田舎道で最後に振り返ると掘建小屋の屋根に登った朔太郎が封筒の中身を花びらのように撒《ま》き、その下で奇声を上げた礫が両手を振り回してインディアン・ダンスを踊っていた。

俺の耳にも奴らの歓喜の叫び《ファド》が聞こえてくるようだった。

解説

杉江松恋

あなたの目は体を離れて平山夢明世界の奥へ奥へ。

人間は本来的には不要な存在であるという身も蓋《ふた》もない真実を文字化することに熱中し、心の中に誰《だれ》もが抱えている根源的な不安を暴き立てる作家。それが平山夢明だ。

恐怖を描くのがホラー作家の仕事だから分類するならばそこが最も収まりがいい。もっと正確に書くならば、平山夢明の存在そのものが恐怖である。見てはいけないものを見て、言ってもらいたくないことを言う口を持っているからだ。

長篇《ちょうへん》『メルキオールの惨劇』にはその平山世界の深層を覗《のぞ》き込める裂け目が存在する。作者の第二長篇にあたり、奥付ベースで二〇〇〇年十一月十八日にハルキ・ホラー文庫から刊行された。今回、新装版として二度目のお目見えである。これから平山作品を手に取る方、その魔力によって依存症になりかけている方、いずれにもぜひお読みいただきたい。

ごく単純化して言うと、平山作品は視点の小説である。何かがあり、日常の被膜に覆われているために本質が目に映らなくなっている。そこに他人とは違う目の持ち主が現れて、隠蔽《いんぺい》されているものを可視領域に引きずり出す。こうした構造を持つ作品中で印象的なのは、異邦人を視点人物に起用した作品群だ。『暗くて静かでロックな娘《チャンネー》』（二〇一二年。現・集英社文庫）所収の「日本人じゃねえなら」などがその代表例で、よそからやって来た人物がその場所に備わっている異常さ、あるいは隠された欺瞞《ぎまん》を指摘する小説である。

二〇二二年一月時点でまだ単行本化されていない、『小説宝石』連載の〈俺が公園でペリカンにした話〉は、ヒッチハイカーの〈俺〉が旅先でさまざまな偽善者に出会うという連作で、デフォルメが極限まで行われた結果世界は悪夢の中にしか存在しないような歪《ゆが》んだものになっている。たとえば「わがままはわがままぱぱのんきだね」（『小説宝石』二〇一九年一月号）では母を殺してもらいたいという少女と〈俺〉は出会う。その相手とは実は女装した男で、少女の母親が死んだのは自分の責任だと思い込んで成りすましていたのだ。こんな異常な人間関係を平山は鼻歌交じりに書いてしまう。ポピュリスト政治家を信奉した者の悲劇を描いた「ヤトーを待ちながら」（同二〇二〇年八・九月合併号）のように作品の諷刺《ふうし》性は認めるもののその駄洒落《だじゃれ》はどうなのというような冗談、嘲笑《ちょうしょう》的な筆致がこの連作の特徴でもある。世界を戯画化することで、冷静に観察できるだけの距離を取っているのだ。

『メルキオールの惨劇』の主人公である〈俺〉は〈ペリカン〉の語り手と同じ、よそ者の顔をして物語の中に登場してくる。彼が最初に見るのは「鎖《くさり》の先に繋《つな》いだ犬をヘリコプターの回転翼《ローター》なみに振り回している」スキンヘッドの巨人だ。イカれている。〈俺〉は「うっかりすると袖《そで》を嚙《か》み破られるような、ささくれの多いカウンター」の酒場で時間を潰《つぶ》した後に「三人の子供の母親で末っ子の首を切断した女」と出会い、店を出た後で彼女の運転するピックアップトラックに撥《は》ねられて意識を失う。

レイモンド・チャンドラーなみに凝っているが発狂した建築士が設計した家のようにねじ曲がって見える比喩とあまりに唐突すぎて絶句してしまう展開という、平山作品の二大特徴がこの冒頭によく表れている。〈俺〉はオギーという人間の不幸蒐集《しゅうしゅう》家に雇われており、我が子を殺した女が秘匿しているはずである事件の記念品と談話を買い取りに来たのだ。事故の怪我《けが》が治るまでの間という名目で〈俺〉は女の家に居つく。人生をついでに生きているような根無し草の振る舞いも平山作品の特徴だ。

ここまでが小説の序盤である。〈ペリカン〉は現時点において平山の中核ともいえる連作だが、二十年以上前に書かれた『メルキオールの惨劇』の中にそれと通底する要素をいくつも見出《みいだ》すことができる。ここが原点なのだ。本作の特殊性は、〈ペリカン〉が世界が発狂するのを防ぐために蓋をしている部分、人間の情念の奥深くにあるものをあえて掘り返して読者に見せている点にある。〈ペリカン〉の語り手と異なり、本作の〈俺〉には目的がある。表面上のそれはオギーの依頼だが、その奥にもう一つあるのだ。〈俺〉がそれを明らかにし、妹を殺したとされる母親に養育される朔太郎《さくたろう》と礫《さざれ》の兄弟にも真の顔があることがわかるあたりから物語は急展開を始める。

一口で言えばこれは、世界が見えてしまう者の悲劇についての小説である。見えなければなんでもない。見えてしまうからこそ世界は恐怖と悲嘆に満ち満ちたものになる。本の題名にあるメルキオールとは、バルタザール、カスパールと共に、イエス・キリストの出生を見届けた東方の三賢人の一人である。神の子の降誕と共に世界は新しいものとなる。その契機が名前に込められているのだろう。ただしここで到来する世界は、人間が目を背けたままでいたいと願う類《たぐ》いのものだ。中盤以降は日常にぱっくりと口を開けた裂け目を巡り、作中の登場人物たちが闘争を繰り広げることになる。世界が禍々《まがまが》しい素顔を剝《む》き出しにすることを回避できるか否か。〈俺〉は当事者ではないが、胸に秘めた目的があるために闘いの勝者を見極めようとする。その勝者のみが、彼にある問いの答えを教えてくれるからだ。

世界が存在することの真の意味が語られるという意味で、本作は秘儀小説でもある。ここで一度平山夢明は世界の底の底まで下りていった。普段は裂け目を閉じた上で日常との接点を持つ物語を綴《つづ》っているが、一朝事あればそれを開いて深奥を露《あら》わにすることができるのである。それが平山夢明という作家の秘密だ。世界の扉を開ける鍵《かぎ》を持つ作家が、活動の初期に著した恐怖の根源に迫る小説、それが『メルキオールの惨劇』なのである。

平山夢明がいつ扉を開けるかは誰にもわからない。油断をしないことだ。

（すぎえ・まつこい／書評家）

本書は書き下ろし小説です。

Haruki Bunko
ハルキ文庫

ひ 3-1

メルキオールの惨劇《さんげき》 新装版

著者 平山夢明《ひらやまゆめあき》

2000年11月18日第一刷発行
2022年 4月18日新装版第一刷発行

発行者 角川春樹

発行所 株式会社角川春樹事務所
〒102-0074 東京都千代田区九段南2-1-30 イタリア文化会館

電話 03(3263)5247(編集)
03(3263)5881(営業)

印刷・製本 中央精版印刷株式会社

フォーマット・デザイン 芦澤泰偉
表紙イラストレーション 門坂 流

ISBN978-4-7584-4476-7 C0193 ©2022 Hirayama Yumeaki Printed in Japan
http://www.kadokawaharuki.co.jp/[営業]
fanmail@kadokawaharuki.co.jp[編集] ご意見・ご感想をお寄せください。

平山夢明

つきあってはいけない

文庫オリジナル

携帯電話を媒介にした気軽な出会いや、合コンで知り合った男の子とのはじめてのデート。だが相手には恐ろしい本性が隠されていた。異常に嫉妬深い男、傷付いた女が好きな電波男、逆恨みしてくる元カノ、偏執狂的なストーカー。予想もつかなかった恐怖の日々が開幕する……。「Popteen」に連載され、話題を呼んだ恐怖の実録怪談集がついに文庫化。これを読むとあなたもパートナーを信用できなくなる。

平山夢明

ふりむいてはいけない

文庫オリジナル

〝しゃりしゃりしゃり……。女は手首を囓っていた。胸元まで赤い血で濡れていた〟〝ふっふっふ……女は赤ん坊の身を床に擦りつける〟——十年以上、怪異、狂異を蒐集している著者の元に、次々と〝ほんとにあった〟怖い話が集まってくる。「もう止めて〜」読者が絶叫した「Popteen」連載の怪談十九本と、本書のために書き下ろされたとっておきの十七本を収録した文庫オリジナル。あなたはラストまで読み通せますか?

平山夢明

東京伝説 呪われた街の怖い話

新装版

〝ぬるい怖さ〟は、もういらない。今や、枕元に深夜立っている白い影よりも、サバイバルナイフを口にくわえながらベランダに立っている影のほうが確実に怖い時代なのである。本書は、記憶のミスや執拗な復讐、通り魔や変質者、強迫観念や妄想が引き起こす怖くて奇妙な四十八話の悪夢が、ぎっしりとつまっている。現実と噂の怪しい境界から漏れだした毒は、必ずや、読む者の脳髄を震えさせるであろう。

［解説 春日武彦］

黒木あるじ

怪の職安 実録怪談

書き下ろし

仕事はあなたを幸せにしてくれていますか？ 永年の不況と終身雇用の崩壊が、日本の職場に常ならぬ怨嗟の声を呼び寄せる。古物商に看護師、整体師に不動産業者、漫画家アシスタントにツアーコンダクター。あらゆる仕事にこびり付く、この世ならざる霊の恐怖は、無防備なあなたの日常生活を後戻りできない闇の世界へと引きずり込む。ホラー界を牽引する気鋭の若手の元に集まってきた、「真夏の職場で鳥肌を立たせる」恐怖の実録短篇集。